기획자문 박혜윤

서울대학교 영어영문학과를 졸업하고 4년간 동아일보 기자로 일했다. 미국 워싱턴대학교에서 교육심리학 박사학위를 받은 후 가족과 함께 서울 생활을 정리하고 미국의 한적한 마을로 들어갔다. 지금은 시애틀에서 한 시간 떨어진 작은 마을의 오래된 집에서 두 아이와 남편과 산다. 정기적인 임금노동에 종사하지 않으면서 원하는 만큼만 일하고도 생존할 수 있는지 궁금해 실험하듯 생활한 시간이 7년째를 맞았다. 여백이 많은 삶에서 책을 자주 뒤적거린다. 이때 가장 자주 펼치게 되는 책이 바로 헨리 데이비드 소로의『월든』이다. 저서로『숲속의 자본주의자』,『도시인의 월든』등이 있다.

옮긴이 김용준

건국대학교에서 영문학을 전공하고 동대학원 영어학 석사 학위를 받았다. 성균관대학교 번역테솔 대학원 번역학과를 졸업했다. 현재 대학 강사이자 번역에이전시 엔터스코리아에서 번역가로 활동 중이다. 옮긴 책으로는『군주론』,『유토피아』,『예언자』등 다수가 있다.

Life Without Principle

Henry David
Thoreau

일러두기

1. 이 책은 『Civil Disobedience』, 『Walden』, 『Walking』, 『Dark Ages』, 『The Maine Woods』, 『Night and Moonlight』, 『Life Without Principle』, 『A Week on the Concord and Merrimack Rivers』, 『The writings of Henry David Thoreau』, 『Ralph Waldo Emerson's Tribute to Henry David Thoreau』를 엮어서 만들었다.

2. 단행본은 『 』, 단편소설, 에세이, 논문은 「 」, 정기간행물 및 잡지는 《 》, 그외 영화, 기사 제목, 노래 등은 〈 〉로 표시했다.

3. 본문의 각주는 도서의 이해를 돕기 위하여 추가된 옮긴이 주이다.

02

Essai

원칙 없는 삶

헨리 데이비드 소로 지음

박혜윤 기획자문

김용준 옮김

arte

온 힘을 다해서 현재를 산다는 것

박혜윤_『숲속의 자본주의자』 저자

소로는 시대를 초월해서 사랑받는 『월든』을 썼다. 그러니 그는 작가인가? 그는 글쓰기에 못지않은 열정을 쏟아가며 측량도 했고, 학교도 설립했고, 입주 가정 교사도 했고, 대중 강연도 했고, 정치적 활동도 했고, 연필 제품을 개발하고 공장을 운영하기도 했고, 생물학자처럼 동식물을 채집 연구하기도 했고, 탐험가처럼 들과 산을 누비기도 했다. 그중에 월든 호수에 직접 집을 짓고 살아보는 실험도 했다. 그는 이 모든 일들에 진심을 다했고 상당한 수준에 이르기도 했지만, 막상 작가, 교육가, 생물학자, 정치인, 사업가, 그 무엇도 되지 못했다. 그렇다고 그가 진정으로 하고 싶은 일을 찾지 못해 방황하거나 산만한 관심사 때문에 집중하지 못한 것은 아니고, 가난 때문에 어쩔 수 없이 닥치는 대로 살

앉던 것도 아니다. 그는 가난했지만, 그것은 한 분야에서 전문가로 인정받아 직업적, 경제적 안정을 얻을 기회들을 의도적으로 외면한 자발적 선택의 결과에 가까웠다.

고작 2년 조금 넘는 시간을 실험이랍시고 월든 호수에서 직접 집을 짓기도 했지만, 친구와 가족을 만나고 편의를 위해 마을을 뻔질나게 오고 갔던 삶을 그만두면서 그가 설명한 이유를 빌리자면, "시작할 때와 마찬가지로 좋은 이유로" 때려치웠다. "살아야 할 삶이 있기 때문에⋯⋯." 그러니까 소로에게는 자연에 은둔하고 자급자족하는 고귀한 실험보다 더 중요한 것이 있었다.

그런데도 그의 글을 읽다 보면 그의 일생이 어쩐지 일관되고 꾸준하게 느껴진다. 시대에 적응하지 못하고 고뇌하는 천재의 느낌도 없다. 그의 글을 천천히 곱씹을수록 소로는 일관성이 없고 한마디로 정의하기 힘든 정말 이상한 사람이다. 아무것도 되지 못했고 살아서 변변한 인정도 받지 못한 인간이 전하는 확신에는 다른 위인들에게서 찾기 힘든 독특함이 있다.

그것은 소로가 추구하는 자유의 종류 때문이라고 생각한다. 모든 자유는 언제나 그 자유를 제한하는 '무엇으로부터'라는 전제가 필요한데, 소로는 사회적 편견, 타인, 경제적 한계 등 '외적인 것으로부터'를 너머 더 '근본적인 것으로부터'의 자유를 추구한다. 그것은 바로 '나' 자신으로부터의 자유다. '나를 위한' 자유가 아니라, '나로부터'의 자유는 결국 나 자신을 진실되고 깊게 탐구하는 과정에서 얻어진다. '나가 되는' 자유가 아닌 '나로부터'의 자유다. 현재의 '나'를 정직하게 인정하는 것이다. 즉, 사회적 제약으로부터 자유를 찾아 숲에 들어가서 완벽한 삶을 사는 것보다 더 중요한 건, '나는 자연주의자다'라는 제약으로부터도 자유로워지는 것이다. 그러다 보니 문명의 이기와 인간관계의 부정적인 면을 비판하고 그로부터 벗어나려고 하면서도 친구를 만나고 도움을 스스럼없이 받는다. 노예 해방이라는 정치적인 입장을 지지하지만, 일생을 바쳐서 헌신하지도 않는다. 그것을 포기해서가 아니다. 노예 해방을 믿는 만큼 하루 종일 목적 없이 뒷동네 숲을 쏘다니는 것도 '나' 자신의 진실된 욕구인 것이다. 그는 진실이 아닌 것을 극도로 싫어한다고 거듭 쓰고 있다. 그가 말하는 진실은 어려운 지식이나 도덕적 당위 같은 게 아니다. 심지어 내가 지키고 싶은 나 자신의 좋은 이미지나 가치관조차도 '나'의 자유를 제한할 수는 없다.

그는 어떤 것에도 헌신하지 않는 기회주의자일까? 그렇다고 해도 근거가 전혀 없는 비난은 아닐 것이다. 하지만 이상하게도 그의 글에는 말만 번지르르한 인상이 전혀 느껴지지 않는다. 그것은 바로 자기가 선 땅과 시간에 두 발을 굳건히 딛는 그의 태도에서 나온다. 그는 더 나은 미래, 더 좋은 정치, 더 훌륭한 철학, 더 아름다운 풍경에 마음을 빼앗기지 않았다. 그는 자연을 사랑한 것이 아니라, 매일 생활하는 자신의 동네에 서식하는 나무와 공기를 사랑했다. 인류를 구원하길 바라거나 혹은 인간의 부조리를 한탄한 것이 아니라, 내가 매일 만나는 사람들을 온 마음을 다해서 관찰했다.

그의 감옥 일기도 정말 그답다. 정치적 항의의 표현으로 투옥됐는데, 그는 감옥 안에서 같이 수감된 다른 사람들에 대한 호기심에 가득 차고, 감옥이 자리 잡고 있는 나의 마을을 생각하고, 그날의 공기와 창문 밖 풍경에 심취한다. 대단하고 거대한 생각들이 아니라, 그가 감옥 안에 생생하게 존재했다는 것을 느낄 수 있다. 고귀한 정치적 목적보다 더 상위에 있으면서도, 결국에는 그가 존재하는 장소와 시간에 충실하게 몰입하는 것이라 보편적이기는 어렵다. 물론 정치적인 저술을 따로 했지만, 그는 일차적으로 자신의 지금 여기에 온 마음을 다하면서 유일무이한 자신의 존재를 만끽했다.

읽기에 불편할 정도의 정직함은 그가 산불을 낸 후의 감상에서 극에 달한다. 소로는 실수로 산불을 내서 마을 전체에 큰 피해를 입힌다. 그는 자신의 실수를 거짓 없이 인정하긴 했지만, 이런저런 노력을 하다가 도저히 피해를 돌이킬 수 없게 되자 죄책감이나 걱정을 다 내려놓고 태평하게 그 자리에서 느끼고 관찰할 수 있는 것에 몰입한다. 이렇게 뻔뻔해도 되나 싶을 정도지만, 소로가 추구하는 자유가 얼마나 독특한 것인지를 다시 생각하게 된다.

이 책에는 소로가 죽은 후 그의 멘토이자 절친이었던 에머슨이 쓴 추도사가 포함돼 있다. 소로와 에머슨의 우정에 감동과 배려, 찬사만 있었던 것은 아니다. 경제적 지원과 사회적 인맥을 마련해 주고, 가족의 일원으로 맞아 주었던 에머슨에게도 소로는 혹독한 비판을 하곤 했다. 대가족을 먹여 살리고 사회적 지위를 유지해야 했던 에머슨이 진실된 삶을 살지 않는다고……. 에머슨이 인용한 한 친구의 말처럼 소로는 사랑할 수는 있지만 좋아하기는 힘든 친구였을 것이다. '나' 자신을 탐구하기 위해서 내가 정한 가치로부터도 자유를 추구하는 사람인데, 친구와의 우정이나 인맥에 얽매였을 리가 없다.

소로가 추구하는 자신으로부터의 자유는 매 순간 자신을 진실하게 만나는 끝없는 여정이다. 돈을 벌어서 경제적 자유를 이루거나, 정치적으로 해방되고 나서 자유를 얻거나, 가족이나 친구가 내 마음대로 되거나, 현재의 나보다 더 발전된 내가 되어서 느끼는 자유와는 다르다. 매 순간 깨어서 자신의 모순, 이기심, 부족함조차도 삶의 진실로 끌어안을 수 있는 자유다. 삶이 아름답고 완벽하고 고귀해서가 아니라, 온 마음을 다해서 현재를 사는 것, 그것뿐인 것이다.

2부 가장 사적인 일기

3부   원칙 없는 삶

4부　　불온한 자유

5부   걷는 사람

6부   에머슨의 추도사

소로는 멕시코 전쟁에 반대해 인두세를 납부하지 않아 감옥에 투옥되었고,
친지가 미납된 세액을 대신 납부한 이후에 풀려났다.

콜럼버스는 아메리카 대륙을 인도로 착각해 그곳 원주민을
인디언Indian으로 불렀으며 이는 오랜 잘못된 언어 표현이다.

이들은 아메리카 원주민 또는 네이티브 아메리칸 등으로 불린다.

이 책에서는 당시 시대상을 고려하고 소로의 언어 표현을
고증하고자 '인디언'을 따로 수정하지 않았다.

걸작으로 평가받은 소로의『월든』은 월든 호숫가에서
2년 2개월 2일 동안 지내면서 깨달은 소로의 지혜를 담고 있다.

1부

질서를 깨트리는 좋은 반항

감옥 일기

감옥에서 보낸 하룻밤은 아주 새롭고 흥미진진했다. 감옥에 들어서자, 셔츠 차림의 죄수들이 문 앞에서 밤공기를 마시며 담소를 나누고 있었다. 간수가 "자! 이제 감방에 들어갈 시간이다." 라고 말하자 죄수들은 뿔뿔이 흩어졌고, 빈 감방으로 돌아가는 죄수들의 발걸음 소리가 들렸다. 간수는 내 방의 동료를 '친절하고 머리 좋은 사람'이라고 소개했다. 감방 문이 잠기자, 그는 모자를 어디에 걸어야 하는지, 이곳에서는 어떻게 지내야 하는지를 알려 주었다.

감방은 한 달에 한 번씩 백색으로 회반죽 칠을 했다. 내가 있는 방은 하얗고 최소한의 가구가 간소하게 비치되어 있었으며 아마 이 감옥에서 가장 깨끗한 방이었던 것 같다. 감방 동료는 내가 어디서 왔는지, 어떻게 여기까지 오게 되었는지 알고 싶어 했다. 나는 그에게 대답해 주고 나서 그가 당연히 정직한 사람이라 생각하고 같은 질문을 했다. 그가 대답했다. "사람들이 내가 헛간을 불태웠다고 고발했어요. 하지만 난 불을 지르지 않았거든." 내 짐작으로는 그가 술에 취해 헛간에서 잠을 자다가 잠결에 파이프를 피웠고, 그러던 중 실수로 헛간에 불을 낸 것 같았다. 그는 영리한 사람이라는 평판이 있었고, 재판이 열리기를 석 달 정도 기다리고 있었다. 물론 앞으로 그보다 훨씬 더 오래 기다려야 할 수도 있었다. 하지만 그는 감옥 생활에 아주 잘 적응하고 만족해하는 것 같았다. 그는 공짜로 밥을 먹고 잠도 잘 수 있기 때문에 자신이 좋은 대우를 받는다고 생각했다.

그는 한쪽 창가를, 나는 맞은 편 창가를 차지했는데 이곳에 오래 머무르면 주로 하는 일이 창밖을 쳐다보는 거였다. 나는 감방에 비치된 책자를 전부 읽었고, 이전에 있던 죄수들이 어디를 통해 탈주했으며 어느 창살을 잘랐는지도 유심히 살펴보았다. 그리고 이 방을 거쳐 간 죄수들의 다양한 이야기도 들었다. 또한, 감옥 밖에서는 절대 알지 못하는 역사와 소문이 있다는 것도 알았다. 아마도 이곳은 마을에서 시가 만들어지는 유일한 장소일지도 모른다. 하지만 이 시는 많은 사람이 볼 수 있는 형태로 출간되지 않는다. 나는 탈출을 시도하다 발각된 일부 젊은이들이 지은 꽤 긴 구절의 시들을 보았는데, 이는 시를 노래함으로써 잡혀 온 거에 대한 울분을 토해 낸 것 같았다.

나는 동료 죄수를 다시는 볼 수 없을 것 같았기에 그에게서 가능한 많은 이야기를 들으려고 했다. 하지만 그는 이야기를 조금 하다가 내 침대를 알려주고는 등불을 끄라고 했다.

그곳에서 하룻밤을 보내는 건 상상조차 하지 못한 먼 나라를 여행하는 것만 같았다. 창살 안쪽의 창문을 열어놓고 잤기 때문에 마을 시계가 울리는 소리와 마을의 시끌벅적한 저녁 소리가 들렸다. 하지만 처음 듣는 소리처럼 낯설게 느껴졌다. 중세 시대의 고향 마을을 보는 것 같았다. 콩코드강은 라인강으로 변해 있었고, 기사와 성의 모습이 환상처럼 스쳐 지나갔다. 내가 들은 목소리는 중세 시대 시민들의 목소리였다.

나는 바로 옆 여관 부엌에서 벌어지는 모든 일을 본의 아니게 지켜보고 엿들었다. 나에게는 새롭고 진기한 경험이었다. 그 덕분에 고향 마을을 더 가까이서 볼 수 있었다. 나는 이 마을에 아주 깊숙이 들어와 있었다. 예전에는 마을 제도에 별 관심이 없었다. 감옥은 군청 소재지인 이곳에서나 볼 수 있는 특수한 기관 중 하나였다. 나는 이곳 주민들이 어떤 사람들인지 차츰 알아가고 있었다.

문에 난 구멍을 통해 아침 식사 식판이 들어왔다. 작은 직사각형의 양철 식판에는 초콜릿 한 조각, 갈색 빵 그리고 철제 숟가락이 있었다. 신참인 내가 남은 빵을 식판과 함께 반납하려고 하자, 동료가 재빨리 낚아채더니 잘 두었다가 점심이나 저녁에 먹으라고 말했다. 그는 곧바로 이웃 밭에 건초를 베는 일을 하러 나갈 준비를 했다. 매일 하는 일이었다. 그는 다시 못 볼지 모르겠다며 잘 있으라는 인사를 건네고 나갔다.

나는 감옥에서 나왔다. 누군가가 대신 세금을 납부했기 때문이다. 젊은 시절에 어디론가 사라졌다가 백발이 성성한 채 비틀거리며 다시 마을 광장에 나타난 사람이 느끼는 것 같은 큰 변화는 없었다. 하지만 내가 볼 때는 단순한 시간의 경과에 따라 일어나는 것보다 훨씬 더 큰 변화가 마을과 주 정부, 국가를 휩쓸고 지나간 것 같았다. 내가 살고 있는 나라를 더욱 또렷하게 볼수 있었다. 함께 살고 있는 사람들이 좋은 이웃이나 좋은 친구로서 어느 정도까지 신뢰할 수 있는지도 알게 되었다. 그들의 우정은 여름철에만 한정되어 있으며 그들은 옳은 일을 하려는 의지가 없다. 중국인과 말레이인처럼 편견과 미신으로 가득 찬, 나와는 다른 족속이다. 인류애 측면에서 위험을 감수하거나 손해 보는 일은 절대로 하지 않으며 그들은 도둑이 자신에게 한 것만큼 똑같이 하겠다는 생각을 지녔다. 고귀함과는 거리가 먼 사람들이다. 형식적인 예절과 몇 번의 기도, 그리고 때때로 쓸모없는 길을 걸어감으로써 자기 영혼을 구하려고 한다. 내 이웃을 너무 가혹하게 평가하는 건지도 모른다. 하지만 그들 중 대부분이 마을에 감옥과 같은 기관이 있다는 사실을 모른다.

예전에는 마을에서 불쌍한 채무자가 감옥에서 나오면, 그의 지인들이 와서 감옥 창살을 상징하듯 손가락을 교차하며 "잘 지냈습니까?"라고 인사하는 게 일종의 관례였다. 그러나 나의 이웃들은 그렇게 인사하지 않고 먼 여행지에서 돌아온 사람처럼 나를 쳐다보고 자기들끼리 바라보았다. 나는 수선을 맡긴 구두를 찾으러 가던 도중에 잡혀서 감옥에 갔었다. 다음 날 아침 풀려났을 때 나는 전날 하려던 일을 마무리하기 위해 수선한 구두를 신고 월귤을 따려고 모인 사람들 대열에 합류했다. 그들은 나에게 길을 안내하라고 재촉했다. 다행히 말이 준비되어 있어서 30분 만에 월귤나무밭에 도착했다. 밭은 마을에서 2마일(약 3.2킬로미터) 정도 떨어진 아주 높은 언덕에 있었는데, 국가의 존재감은 그 어디에서도 찾아볼 수 없었다.

　이상이 '나의 옥중기*'다.

＊　　이탈리아의 작가이자 시인인 실비오 펠리코가 쓴 회고록 『나의 옥중기Le Mie Prigioni』를 그대로 차용했다.

자발적 고독과 관계

··

인간의 교제는 대체로 천박하다. 우리는 너무 자주 만나기 때문에 서로에게 새로운 가치를 부여할 시간이 부족하다. 하루에 세 번 식사하는 자리에서 만나 서로에게 곰팡내 나는 치즈의 새로운 맛을 선사할 뿐이다. 이러한 만남을 견디고 상대와 다투는 상황이 벌어지지 않기 위해서는 예의범절과 정중함이라는 특정한 규칙이 있어야 한다. 우리는 우체국에서, 사교 모임에서, 그리고 밤에는 벽난로 앞에서도 만난다. 이렇게 자주 만나다 보니 서로에게 방해가 되고 걸려 넘어지기 일쑤며 서로에 대한 존경심이 사라진다. 중요하고 진심 어린 소통에는 만남의 빈도수가 작아도 충분할 것이다. 공장의 소녀들을 생각해 보라. 그들은 절대 혼자 일하지 않으며 꿈속에서조차도 혼자가 아니다. 내가 사는 곳처럼 1제곱마일(약 78만 평)에 한 명만 살면 좋겠다. 사람의 가치는 만져야 할 피부에 있는 게 아니다.

숲속에서 길을 잃고 나무 아래 주저앉아 배고픔과 탈진으로 죽어간 한 남자의 이야기를 들은 적이 있다. 그는 허약해진 육체로 병든 정신의 상상이 만들어 낸 기괴한 환상을 보며 외로움을 달랬고, 그것이 진짜라고 믿었다. 우리는 그 남자보다 신체, 정신적으로 건강하고 더 많은 힘이 있기 때문에 정상적이고 자연스러운 사회에서 지속적으로 격려를 받으며 혼자가 아니라는 사실을 알게 된다.

내가 사는 집에는 친구가 많다. 특히 아무도 찾아오지 않는 아침에는 더더욱 그렇다. 내 상황을 잘 이해할 수 있도록 몇 가지 비유를 들어보겠다. 사람 웃는 소리를 내는 호수의 물새나 월든 호수가 외롭지 않듯이 나도 외롭지 않다. 이 한적한 호수에게 어떤 친구가 있겠는가? 물의 푸른 색조 속에는 푸른 악마가 아닌 푸른 천사들이 가득 있다. 태양도 혼자다. 가끔 안개가 끼는 날에는 태양이 두 개인 것처럼 보이지만, 그중 하나는 가짜다. 신도 혼자다. 하지만 마귀는 혼자인 법이 없고, 늘 떼 지어 함께 다닌다. 마치 군대와 같다. 나는 목초지에 홀로 있는 멀레인, 민들레, 콩잎, 괭이밥, 말파리, 호박벌보다 외롭지 않다. 밀브룩 개울이나 풍향계, 북극성, 남풍, 4월의 소나기, 1월의 해빙, 새로 지은 집에 처음 들어온 거미보다도 덜 외롭다.

겨울 숲에 눈이 펑펑 내리고 바람이 나무에 부딪히며 울부짖는 긴 저녁이면 간혹 나를 찾아오는 손님이 있다. 월든 호수의 옛 정착민이자 원래 주인으로, 그는 호수 주변에 돌을 쌓고 소나무로 주위를 둘러쌌다고 한다. 그와 나는 사과 같은 과일이나 변변한 주스도 없이 사교의 즐거움을 느끼고 사물에 대한 유쾌한 이야기를 주고받으며 저녁 한때를 보낸다. 그는 내가 제일 좋아하는 가장 현명하고 유머러스한 친구이며, 고프나 월리*보다 더 많은 비밀을 가진 사람이다. 사람들은 그가 죽었다고 말하지만, 그가 어디에 묻혔는지 아는 이는 없다.

내가 사는 동네에는 사람들 눈에 잘 띄지 않는 한 늙은 여인도 살고 있다. 나는 가끔 그녀의 향기로운 허브 정원을 산책하며 약초를 따고 그녀의 옛이야기를 듣곤 한다. 그녀에게는 다른 사람과 비교할 수 없을 정도의 천재성이 있다. 그녀의 기억은 신화 이전보다 훨씬 더 거슬러 올라간다. 그녀는 전설에 대해 자주 이야기해 주는데, 그녀가 어렸을 때 일어난 일이라 어떤 사실에 기인한 것인지 잘 기억하고 있다. 혈기 왕성하고 정열적인 이 여인은 날씨와 계절을 즐기면서 그녀의 자손들보다 분명 더 오래 살 것이다.

태양과 바람, 비, 여름과 겨울 등의 자연은 형언할 수 없는 순

---

* 윌리엄 고프William Goffe는 1649년 1월 찰스 1세의 처형에 서명했으며, 왕정복고 때 국왕 살해 혐의를 피하고자 월리Whalley 장군과 함께 미국으로 도피했다.

수함과 자애로움으로 우리에게 아낌없는 건강과 환희를 안겨 준다. 이런 것들은 인간이라는 종족과 공감대를 형성하고 있어서 인간에게 무슨 일이 벌어지면 자연 전체가 영향을 받는다. 어떤 인간이 정당한 이유로 슬퍼하면 태양의 광채는 사라지고, 바람은 인간처럼 탄식하며 구름은 눈물을 흘리고, 숲은 한여름에도 잎을 떨어뜨리며 애도할 것이다. 그러니 나도 대지와 소통한다고 할 수 있지 않을까? 나 자신도 부분적으로는 나무 잎사귀이고 식물이라고 할 수 있지 않은가?

우리를 건강하고 평온하게 만족시켜 줄 묘약은 무엇일까? 그것은 우리의 증조할아버지가 만들어 준 약이 아니라, 우리의 증조할머니인 자연이 대지에서 나는 채소와 식물로 만든 약이 아닐까? 증조할머니는 언제나 이 약으로 젊음을 유지했고, 당대의 수많은 파Parr 노인*보다 오래 살았으며 그들이 남긴 썩은 비료 덕분에 더욱 건강해질 수 있었다. 나는 길고 얇은 검은색 마차가 실어 온, 저승의 아케론강과 사해에서 떠온 물로 만든 가짜 물약이 아닌 순수하고 신선한 아침 공기를 한 모금 마시고 싶다.

아침 공기! 하루의 원천에서 이걸 마시지 않는다면, 사람들을 위해 공기를 병에 담아 가게에서 팔아야 할지도 모른다. 아침 시간을 구독할 예매권을 잃어버린 사람을 위해서라도 그렇게 해야 할 것이다. 하지만 아침 공기는 아무리 서늘한 지하 저장실에서

＊　　토머스 파Thomas Parr라는 영국의 농부로 152세까지 살다 죽었다고 한다.

도 정오까지 보관할 수 없다는 사실을 명심하라. 곧바로 병마개를 밀고 나와 오로라 아침 여신을 따라 서쪽 계단으로 가 버릴 것이다. 나는 의술의 신 아스클레피오스의 딸로 한 손에는 뱀, 다른 손에는 뱀이 마시는 잔을 들고 있는 모습으로 대표되는 건강한 히기에이아의 숭배자가 아니다. 그보다는 주노*와 야생 상추의 딸이자 주피터의 술잔 잡이로, 신과 인간에게 다시 젊음의 활력을 주는 헤베를 숭배한다. 헤베는 아마도 이 대지를 걸어 다니는 유일하게 건강하고 튼튼한 젊은 여성이었을 것이다. 그녀가 가는 곳마다 봄이 찾아왔으니까.

---

*   그리스 신화의 헤라에 해당한다.

어둠의 시대

⋮

우리는 풍경을 바라보듯 역사를 읽어야 한다. 비판적인 관점만으로 역사를 바라보라는 것이 아니다. 그 바탕과 구성보다는 사이사이의 공간이 만들어 내는 대기의 냄새와 다양한 빛, 그림자에 더 많은 관심을 가지라는 것이다. 아침이 저녁으로 바뀌었을 때 서쪽에서 바라보는 태양은 새로운 빛과 새로운 분위기를 만든다. 그 아름다움은 벽에 그려진 프레스코화처럼 평면적이고 한계가 있는 게 아닌 대기를 자유롭게 떠도는 바람처럼 입체적이고 유동적이다.

사실 역사는 아침부터 저녁까지의 풍경처럼 그 모습이 변한다. 중요한 건 순간순간의 색조와 색채다. 시간은 보물을 숨기지 않는다. 우리가 원하는 건 과거의 어느 한순간이 아니라 현재다.

우리는 지평선의 산들이 푸르고 또렷하지 않다고 불평하지 않는다. 산들은 오히려 하늘과 더 닮았기 때문이다.

잃어버릴까 두려워 기념하고 싶은 사실에는 어떤 의미가 있을까? 기념비는 죽은 자에 대한 기억보다 더 오래 남아 사람들에게 영향을 끼친다. 피라미드는 자기가 들은 이야기를 들려주는 것이 아니라 현재 살아있는 사실을 기념한다. 왜 어둠 속에서 빛을 찾아야 할까? 엄밀히 말하면, 역사 학계는 잃어버린 사실 중 단 하나도 되찾지 못했으며 역사학계 자체가 잃어버린 사실 그 자체를 대신하고 있을 뿐이다. 연구 대상보다 연구하는 사람이 더 기억에 남는다. 대중은 안개와 그 사이로 보이는 나무의 희미한 윤곽을 감상하며 서 있는데, 그중 한 사람이 그 현상을 탐구하기 위해 앞으로 나아가고, 대중의 시선은 희미하게 물러나는 그의 모습에 집중한다. 과거가 사람들의 협력 없이도 여전히 기억되고 있다는 사실이 놀라울 따름이다. 실제로 과거의 이야기는 본래와 다른 방식으로 전해지고 기억된다. 알와키디의 『아라비아 연대기Arabian Chronicles』에 역사가 시작된 방식에 대한 좋은 본보기가 있다. "나는 그 이야기를 아흐메드 알마틴 알조르하미로부터 들었고, 알조르하미는 레파 에븐 카이스 알라미리에게서, 알라미리는 사이프 에븐 파발라 알차트콰르미에게서, 알차트콰르미는 타벳 에븐 알카마에게서 들었다고 했다. 그리고 타벳은 그 사건을 직접 접했다."고 말했다. 이 역사적 인물들이 단순히 사실을 보존하지 않고 배우고 이해하려고 했기 때문에 많은 사실이

잊히지 않고 남아 있게 된 것이다.

과거를 밝히기 위해 비판적 통찰력을 발휘하는 건 헛된 일이며 과거는 현재에서 완벽히 재현될 수 없다. 우리는 과거의 사람들처럼 느끼고 이해할 수 없다. 과거, 현재, 미래에는 베일이 드리워져 있으며 과거에 무엇이 존재했는지가 아닌 현재 무엇이 있는지를 알아내는 게 역사가의 몫이다. 과거에 전투가 벌어진 곳에는 사람과 짐승의 뼈만 남아 있지만, 현재 전투가 벌어지는 곳에서는 심장 뛰는 소리가 들린다. 우리는 언덕에 앉아 시를 읊조릴 뿐이지, 이 해골들을 다시 일어서게 하지 않을 것이다. 자연이 그들을 인간으로 기억한다고 생각하는가, 아니면 단순한 동물 뼈로 기억한다고 생각하는가? 역사가는 고대의 느낌으로 현대적인 시각에서 새로운 의미와 관점을 찾아야 한다.

고대사를 보면 마치 관객이 벽에 걸린 그림의 뒷면을 생각하거나 저자가 죽은 자들이 독자가 될 것을 예상하고 자신의 경험을 지나치게 자세히 설명한 듯한 인상을 준다. 인간은 세월의 침식 때문에 무너지는 자신의 작품을 재건하려고 하지만, 결국에는 시간의 흐름에 굴복하고 만다. 그리고 지체하는 사이, 인간과 인간이 만든 작품은 교활한 적의 먹잇감이 되고 만다. 이런 역사는 고대의 고풍스러움도, 현대의 신선함도 없다.

자연사는 모든 사건의 시작점으로 거슬러 올라가려고 하고, 이는 당연한 것처럼 보이지만 보편사Universal History* 측면에서 우엉과 질경이가 처음 싹을 틔운 시기가 정확히 언제인지 말할 수 있는가? 대부분의 역사가 이렇게 쓰였으며 이러한 시대는 '어둠의 시대'라 불릴 만하다. 우리가 어두운 것은 어둠에 싸여 있기 때문이다. 먼지와 혼란이 태양을 가로막고 있어서 햇빛이 거의 비치지 않는다. 그리고 우리는 이 빛의 존재를 암시하는 어떤 기분 좋은 사실을 만나면, 그것을 인용하고 현대식으로 만든다. 예를 들어, 색슨족의 역사에서 "노섬브리아의 에드윈 왕**은 길가의 맑은 샘물을 보고 말뚝을 세웠으며 그 말뚝에 구리 그릇을 고정해 지친 여행자들의 피로를 덜어주려고 했다."라는 기록은 아더 왕의 열두 번 전투 기록을 모두 합친 것보다 더 가치가 있다.

과거가 어두운 건 맞지만, 이는 과거 자체의 특성이 아니라 전통적으로 그렇게 여겨져 왔기 때문이다. 역사의 기록이 어둡게 느껴지는 이유는 시간의 거리 때문이 아니라 관계의 거리 때문이다. 이 세대의 정신에 가까운 것은 여전히 찬란하고 아름답게 빛난다. 그리스의 문학과 예술에는 태양과 낮의 빛이 있다. 호메로스는 햇빛이 비쳤을 때를 잊지 말라고 했으며, 페이디아스의 조각품이나 파르테논 신전도 빛의 홍수 속, 공정하고 햇살 가득한 곳에 놓여 있었다. 지금까지 완전히 어두운 시대는 없었기 때문에 우리는 역사가에게 너무 성급하게 굴복하지 말고 빛의 반

※   특정 국가나 문화, 지역에 국한되지 않고 인류 전체의 역사와 그 발전 과정을 다루는 개념이다.

※※   노섬브리아의 왕으로 스코틀랜드의 수도인 에든버러를 세웠다.

짝임에도 너무 기뻐해서는 안 된다. 우리가 저 먼 세월의 어둠을 뚫을 수 있다면 충분히 밝은 빛을 볼 수 있을 것이다. 다만 그 빛은 다음 시대에 닿을 수 있을 것이다.

어떤 피조물은 어둠 속에서도 충분히 볼 수 있다. 세상에는 항상 같은 양의 빛이 있다. 새롭게 나타난 별, 사라진 별, 혜성과 일식은 망원경을 통해서만 볼 수 있기 때문에 우리의 일상적인 빛에는 영향을 미치지 않는다. 화석으로 발견된 고대 생물의 눈 구조를 보면 과거에도 현재와 같은 빛의 물리적 법칙이 적용되었다는 것을 알 수 있다. 빛이 움직이는 방식과 그 영향은 변함이 없지만 우리가 빛을 보는 방식은 바뀐다. 어느 시대에도 신은 공평하게 꾸준히 하늘에 빛을 비추었지만, 보는 이의 눈이 돌로 변한 것이다. 태초부터 눈과 태양만 있었으며 세월이 흘러도 새로운 빛이 추가되거나 빛의 본질은 바뀌지 않았다.

푸른색 밤하늘을 걷다

어떤 밤은 아주 고요하고 장엄할 정도로 아름답다. 이런 밤은 인간의 영혼을 치유하고 풍요롭게 만들기 때문에 감수성이 풍부한 사람이라면 절대 잊지 못할 것이다. 아마도 밖에서 그런 밤을 보낸다면 더 선하고 지혜로워질 것이다. 비록 다음날 내내 잠을 자야 하는 대가를 치르게 되겠지만. 고대인들의 표현대로 엔디미온*의 잠은 양가적인 면이 있다. 고대 그리스의 '암브로시얼 Ambrosial(성스러운)'이라는 수식어가 아주 잘 어울리는 밤이다. 마치 뷸라Beulah의 땅**에서처럼 대기는 이슬이 맺힌 향기와 음악

---

* 엔디미온을 사랑한 셀레네는 제우스에게 부탁해서 그의 아름다움을 유지하도록 영원한 잠을 선사한다.

으로 가득 차 있으며 우리는 휴식을 취하면서 깨어 있는 꿈을 꾼다. 달이 태양보다 못지않게.

다시 우리에게 빛을 선물하여 주소서.
그 불꽃을 잃고 더 부드러운 낮을 흩뿌릴 터이니
이제 지나가는 구름 사이로 그는 몸을 낮추고,
순수한 하늘 위를 숭고하게 올라간다.
다이애나는 여전히 뉴잉글랜드 하늘에서 사냥한다.

하늘의 수많은 별 중 단연 달이 돋보인다.
달은 주인처럼 만물의 순수성을 비춘다.
이는 변화 속에 영원함을 지니고,
아름다움 자체를 지속한다.
달은 시간이 지나도 변함없이 세월을 인도할 것이며
죽음이 궤도 아래에 놓여 있나니
별의 미덕도 달의 아래 있되,
미덕의 완벽한 이미지가 드리워진다.

힌두교도들은 달을 육체적 존재의 마지막 단계에 도달한 성스

***

※ '뾸라'는 성경에서 '결혼한 여인'을 뜻하며 평화롭고 축복받은 땅이나 상태를 의미하기도 한다.

러운 존재에 비유한다.

존경하는 스승이자 위대한 마법사여! 수확의 달이나 사냥꾼의 달이 방해받지 않고 빛나는 온화한 밤이 되면, 낮에는 누구의 건축물이었든 상관없이 우리 마을의 집들은 오직 한 주인만을 인정한다. 이때 마을의 거리는 숲처럼 야생적으로 변한다. 새것과 옛것이 뒤섞여 혼란스러워진다. 내가 지금 허물어진 벽 위에 앉아 있는지, 아니면 새로운 벽을 만들 자재 위에 앉아 있는지 알 수 없다. 자연은 교육받은 공정한 스승으로 조잡한 견해를 펼치지 않고 아첨하지도 않으며 급진적이지도 보수적이지도 않다. 생각해 보라. 이렇게 다정하면서도 야생적인 달빛을!

달빛은 낮의 빛보다 우리의 지식에 더 가깝다. 보통의 밤에 어두한 정도는 우리 마음의 습관적인 분위기와 다르지 않으며 달빛은 우리가 가장 빛나는 순간만큼이나 밝다.

이런 밤이면 아침이 밝아올 때까지 밖에 머물고 싶다.
아침이 밝아오고 모든 것이 다시 혼란스러워질 때까지.
정말로, 진심으로 말이다.

낮의 빛이 내면의 새벽을 비추지 않는다면 무슨 의미가 있겠는가? 밤의 장막이 걷혀도 아침이 영혼에 아무것도 드러내지 않는다면 무슨 소용이 있겠는가? 단지 화려하고 눈부실 뿐이다. 그것으로는 부족하다.

스코틀랜드의 시인 오시안은 태양을 향해 이렇게 외쳤다.

어둠의 거처는 어디인가?
별들의 동굴은 어디에 있는가?
그대의 발걸음을 재촉하되
하늘의 사냥꾼처럼 쫓아가라.
그대는 높은 언덕을 오르고
그들은 황량한 산에서 내려오는가?

별들과 함께 '동굴의 집'으로 가지 않고 '황량한 산'으로 내려오지 않을 자 어디 있는가? 밤에도 하늘은 검은색이 아니라 푸른색이다. 대지의 그림자를 통해 태양이 빛나는 먼 낮을 볼 수 있다.

조 폴리스의 마지막 인사

몇 년 전, 한 교사가 있었다. 교사는 청교도였지만 사람들은 그를 좋아했다. 하지만 신부가 와서 그를 쫓아내겠다고 말했다. 신부는 그 교사가 사람들에게 나쁜 영향을 끼치기 때문에 그대로 두면 사람들이 지옥에 가게 될 거라고 주장했다. 학교 측을 편드는 사람이 많았지만, 그들은 어쩔 수 없이 교사를 내보낼 수밖에 없었다. 보스턴에서 펜윅 주교까지 찾아와 압력을 행사하고 있었으니까 말이다. 하지만 인디언 폴리스는 "당신들은 누구보다 강한 사람들이니 계속 버텨야 합니다."라며 사람들에게 절대 포기하지 말라고 말했다. 만약 포기한다면 그들에게 '우리'라는 개념은 성립하지 않을 거라고 강조했다. 그러나 사람들은 "소용없어요. 신부가 너무 강해서 포기하는 게 나아요."라고 대답했다.

그럼에도 폴리스는 끝까지 버티라고 설득했다.

신부는 자유의 기둥을 자르려고 했다. 이에 폴리스와 그의 뜻을 같이하는 사람들은 비밀리에 열다섯에서 스무 명의 건장한 청년을 모았다. 그리고 전부 옷을 벗겨 옛날처럼 몸에 칠을 한 뒤 숨어 있다가 신부 일당이 자유의 기둥을 자르려고 나타나면 달려가서 막기로 했다. 폴리스는 젊은이들에게 "신부에게 절대 폭력을 사용해서는 안 된다."고 당부했다. 드디어 사제 일행이 나타나 자유의 기둥을 자르기 시작했다. 그 기둥이 쓰러지면 학교 지지자들에게 치명적일 수 있었다. 이때 폴리스가 신호를 보냈고 젊은이들이 달려가 기둥을 사수했다. 한바탕 소동이 벌어지고 싸움 직전까지 갔지만 신부가 "전쟁은 안 됩니다. 전쟁만은 안 돼요!"라고 말하면서 사람들을 말렸고, 그 덕분에 기둥은 그대로 보존되었다. 그리고 학교는 계속 유지될 수 있었다.

이 일화는 그의 뛰어난 기지를 잘 보여 준다. 그는 기회를 포착하고 자신의 뜻을 관철시켰으며 자신이 상대해야 할 사람들을 잘 파악하고 있었다.

올라몬강은 파사덤키그에서 몇 마일 아래에 있는 그린부시 동쪽에서 물이 흘러 들어와 형성되었다고 한다. 이 강 이름의 의미를 묻자 그 인디언은 강 하구 맞은편에 올라몬이라고 불리는 섬이 있었다고 말했다. 옛날에는 방문객들이 올드타운에 오면 그 섬에 들러 옷을 갈아입거나 얼굴을 치장했다고 한다. "여자들이 얼굴에 바르는 그걸 뭐라고 부르죠?"라고 그가 물었다. "볼연지?

빨간색 그거 말인가요?" "그래요, 맞아요. 그건 라몬이에요. 일종의 점토 아니면 붉은색 물감으로 여기 사람들이 주로 사용했어요."라고 그가 대답했다.

우리도 이 섬에 들러 식사를 하고 배를 든든하게 채우기로 했다. 섬에는 대마 쐐기풀이 무성했지만, 그곳에서 붉은색 물감 같은 것은 발견하지 못했다. 올라몬강의 하구는 죽은 하천에 가까웠다. 그 근처에는 또 다른 큰 섬이 있었는데, 인디언들은 이 섬을 '수글Soogle(설탕)'섬이라고 불렀다. 올드타운에 도착하기까지 10여 마일(약 16.1킬로미터)을 남겨 두고 그가 물었다. "사공이 마음에 들었나요?" 하지만 우리는 돌아올 때까지 대답하지 않았다.

성크헤이즈는 올드타운 동쪽으로 2마일(약 3.2킬로미터) 위에서 흘러 들어온 또 다른 짧은 개천으로 메인주에서 가장 좋은 사슴 서식지였다고 한다. 우리는 인디언에게 이름의 의미를 물었고, 그는 이렇게 말했다. "선생이 우리처럼 페놉스콧강을 따라 내려가고 있다고 칩시다. 어느 순간 갑자기 강둑에서 카누가 나타나 앞에 지나가는 것이 보일 겁니다. 하지만 어디서 왔는지 잘 보이지 않을 거예요. 그곳이 바로 성크헤이즈입니다."

그는 예전에 내가 '누구 못지않게' 노를 잘 저었다고 칭찬하면서 '위대한 노 젓기'라는 뜻의 인디언 이름을 지어 준 적이 있다. 성크헤이즈를 벗어나자, 그는 뱃머리에 앉아 있던 내게 노 젓는 법을 가르쳐 주겠다고 했다. 그리고 배를 해안 쪽으로 돌린 다음 배에서 내렸다. 그는 앞으로 나오더니 내 손을 자기가 원하는 위치에 두었다. 한 손은 배 바깥쪽에, 그리고 다른 한 손은 첫 번째 손과 평행하게 놓고 노의 끝부분이 아닌 끝에 가까운 부분을 잡게 한 후, 카누 옆에서 앞뒤로 미끄러지듯 저으라고 말했다. 그러자 내가 생각한 것보다 큰 발전이 있었다. 이 방법대로 하니 매번 노를 들어 올리는 수고를 덜 수 있었다. 그가 왜 진작 이 방법을 가르쳐주지 않았는지 의문스러울 정도였다. 사실 짐이 줄어들기 전까지는 다리를 쭉 뻗고 무릎을 카누의 측면 위로 올린 채 앉아야 했기 때문에 노를 젓는 데 어려움이 있거나 측면에 지속적인 마찰로 인해 카누가 닳을까 우려되어 그랬을 수도 있다.

나는 평소 선미에서 노를 저으며, 노를 들어 올려서 한쪽 측면을 밀어내면 노를 지렛대처럼 사용하여 힘을 가할 수 있다고 말했다. 그리고 지금도 선미에 앉아 있을 때와 비슷하게 노를 젓는 게 편하다고 설명했다. 그러자 그는 내가 선미에서 노를 젓는 모습을 보고 싶어 했다. 먼저 나는 그와 노를 바꿨다. 그의 노가 더 길고 좋았기 때문이다. 우리는 끝에서 끝으로 서로 자리도 바꾸었다. 그는 평평한 바닥에 앉았고 나는 가로대에 앉았다. 그가 어깨너머로 웃으며 나를 쳐다보고 카누의 방향을 돌리기 위해 열심히 노를 젓기 시작했다. 그러나 이내 소용없다는 것을 알고 노 젓는 속도를 늦추었다. 그래도 1~2마일(약 1.6~3.2킬로미터) 정도를 빠른 속도로 나아갔다. 그는 선미에서 노를 젓는 방식에는 문제가 없다고 말했지만, 나는 그가 뱃머리에서 평소대로 노를 젓지 않는다고 불평했다.

성크헤이즈 맞은편에는 페놉스콧강의 주요 방재가 있는데 이곳에서는 강 상류에서 내려온 통나무가 모이고 분류된다.

올드타운에 가까워지면서 나는 폴리스에게 다시 집으로 돌아가게 되어 기쁘지 않냐고 물었다. 하지만 이 인디언은 조금도 야성을 잃지 않고 "나는 어디에 있든 똑같아요."라고 대답했다. 그는 늘 이런 식으로 과시하는 듯한 태도를 보였다.

우리는 '쿡'이라 불리는 좁은 해협을 지나 인디언섬에 가까이 다가갔다. 그는 "저기에는 물이 많이 들어와 있을 것 같아요. 이맘때 강 수위가 저렇게 높은 건 처음 봅니다. 물살이 아주 센 편이지만 그 구간은 아주 짧지요. 그래도 증기선이 물살 때문에 가라앉은 적이 있으니 내가 말할 때까지 노를 젓지 말고 저으라고 말하면 노를 저으세요."라고 말했다. 그곳은 아주 짧은 급류였다. 우리가 강 한가운데를 지날 때 그가 "노를 저으세요!"라고 외쳤고, 우리는 그곳을 빠르게 지나갔기에 카누에 물이 한 방울도 들어오지 않았다.

얼마 지나지 않아 인디언 집들이 시야에 들어왔지만, 두세 채의 큰 하얀 집 중 어느 것이 우리 안내인의 집인지 분간하기 어려웠다. 그는 블라인드가 달린 집이라고 말했다. 우리는 이날 배로 40마일(약 64.4킬로미터)을 이동해 오후 네 시쯤 그의 집 맞은편에 도착했다. 피스카타퀴스에서부터는 놀라울 정도의 빠른 속도로 왔다. 비록 마지막 10여 마일(약 16.1킬로미터)은 물이 흐르지 않는 구간이었지만 말이다.

폴리스는 우리에게 카누를 팔고 싶어 했다. 7~8년은 충분히 탈 수 있지만 관리만 잘하면 10년은 더 쓸 수 있을 거라고 했다. 하지만 우리는 카누를 살 생각이 없었다.

우리 일행은 한 시간 정도 폴리스의 집에서 머물렀다. 일행 중 한 명은 면도기를 빌려 수염을 깎았는데 면도날 상태에 아주 만족스러워했다. 폴리스 부인은 모자를 쓰고 가슴에 은색 브로치를 달고 있었다. 하지만 그는 바쁜지 부인을 소개시켜 주지 않았다. 집은 넓고 깔끔했다. 벽에는 올드타운과 인디언섬이 그려진 대형 지도가 걸려 있었고, 반대편에는 시계가 걸려 있었다. 올드타운을 출발하는 기차가 언제 있는지 알고 싶다고 하자 폴리스의 아들이 최근 일자 뱅거 신문을 가져왔는데 신문사에서 '조 폴리스'에게 보낸 것이었다.

이것이 내가 본 조 폴리스의 마지막 모습이다. 우리는 마지막 기차를 타고 그날 밤 뱅거에 도착했다.

소로는 에머슨의 권유로 일기를 쓰기 시작했다.
사색, 산책, 관계, 불복종, 진실, 정부, 권위, 자연,
사교, 여행 등 수많은 키워드로 소로는 자신의
일상을 기록했다.

2부

가장 사적인 일기

진실은 당신을 더 나은 사람으로 만든다

1837년

10월 22일 고독

"자네 이제 뭘 할 건가?"

그*가 물었다.

"혹시 일기를 쓰고 있나?"

그래서 나는 오늘 처음으로 일기를 쓴다.

혼자가 되기 위해서는 현재의 나에게서 벗어나야 한다. 진정으로 나 자신을 피하는 것이다. 로마 황제의 방처럼 거울로 둘러싸여 있으면서 어떻게 혼자가 될 수 있겠는가? 다락방을 찾아야

＊   미국의 사상가이자 시인인 랄프 왈도 에머슨. 『자연』의 저자로 유명한 그는 1862년 소로가 사망할 때까지 친분을 유지했다.

한다. 거미조차 방해받지 않는 곳. 바닥을 청소하거나 목재를 정돈하지 않아도 되는 그런 곳 말이다.

독일 격언에는 이런 말이 있다.

"진실은 당신을 더 나은 사람으로 만든다.Es ist alles wahr wodurch du besser wirst"

11월 3일 물의 흐름 따라가기

사색에 잠기고 싶거든 강에 배를 띄우고 물결에 몸을 맡겨라. 시상詩想이 떠오를 것이다. 물결을 거슬러 올라가기 위해 힘차게 노를 저으면, 잡다하고 성급한 생각들이 머릿속을 스쳐 갈 뿐이다. 이때 우리는 갈등과 힘, 웅장함을 꿈꾼다. 하지만 뱃머리를 아래로 돌리면 바람과 물이 장면을 바꾸면서 바위, 나무, 소, 언덕이 새롭게 펼쳐진다. 생각이 넓어지고 숭고해지며 고요하고 부드럽게 물결치는 것 같다.

11월 5일 진리

진리는 앞과 낮은 물론, 뒤와 어둠 속에서도 우리를 밝혀 준다.

11월 12일 교훈

나는 오늘의 모든 교훈을 제대로 이해할 수 있는 분별력이 아직 부족하다. 하지만 그 능력을 완전히 상실하지는 않았기에 언젠가는 찾을 수 있으리라 믿는다. 나의 소망은 내가 어떻게 살아

왔는지, 앞으로 어떻게 살아야 할지를 아는 것이다.

11월 13일 죄는 아름다움에 대한 인식을 파괴한다

이것은 순수함에 대한 시험이 될 것이다. 만약 내가 조롱하는 소리를 듣고도 여왕처럼 위엄 있게 하늘을 거니는 친절한 달을 익숙한 갈망으로 바라볼 수 있을까?

진실

진실은 언제나 진실 그 자체로 돌아온다. 오늘은 이 모습, 내일은 저 모습, 다음 날에는 이 둘이 서로 어우러져 있다.

12월 12일 가시

인간의 어떤 능력도 쓸모없거나 사악한 의도로 창조되지 않았다. 전적으로 나쁜 인간은 없다. 최악의 정열도 최선의 열정에 뿌리를 두고 있는지 모른다. 예컨대 분노는 어떤 감각이 왜곡되어 표출된 것으로 그 원천은 선한 감각일지도 모른다.

가시는 가시인데도 잎을 내고, 유포르비아 헵타고나에서는 때때로 꽃과 열매를 맺는다. 따라서 가시는 단지 발육이 부진한 가지인 것이다.

오늘 내가 휘갈긴 글은 내일 소멸한다

1838년 겨울과 봄

1월 6일 지상의 천국

어린아이가 여름이 오기를 기다리듯 우리도 어김없이 돌아오는 계절의 순환을 기쁜 마음으로 조용히 바라본다. 신들의 오랜 세월 동안 봄이 올 때마다 우리는 에덴동산을 감상하고 새롭게 꾸미면서 절대 지치지 않는다.

1월 16일 자신의 운명은 스스로 만드는 것이다

인간은 어떤 폭풍우에도 가라앉지 않는 코르크 마개와 같아서 결국에는 안전하게 안식처에 도착할 것이다. 세상은 마개의 갈라진 틈새나 옹이구멍을 통해 보아도 여전히 아름답다.

2월 9일 사교

"사람들 가운데 있어라."는 아주 유익한 조언이다. 원하든 그렇지 않든, 사람들 속으로 들어가서 그들의 일에 인간적인 관심을 가져라. 지위 높은 신사와 숙녀를 단지 흔한 남자와 여자로 오인하는 실수를 할 수도 있다. 하지만 그건 그대의 잘못이 아니라 그들의 잘못이다. 그대가 인간다운 진실함으로 무장한다면 사소한 일에 휘둘리지 않고 자신의 길을 갈 수 있다. 그대가 사람들을 비난한다면 얼마나 많은 사람을 비난하는지는 중요하지 않다.

2월 13일 영향력

어떤 영향력에 자신을 온전히 내맡기기는 쉽지 않다. 영향력은 우리가 예상하지 못하는 사이에 은밀하게 다가오며 인식하기도 전에 끝나버리기 때문이다. 접근할라치면 움츠리고, 그 존재를 느끼고 신비를 캐내려고 하면 사라져 버린다. 그렇게 되면 우리는 어리석음 속에 남겨진다. 영향력은 물이 가득 찬 수로지만 넘칠 듯하면서도 정체된 것인지도 모른다.

두려움

진리를 정의롭게 실현하려는 인간의 열망은 세상이나 결과에 대한 두려움을 모두 삼켜 버린다.

3월 5일 해야 할 일

내가 끄적인 글들이 무슨 의미가 있을까? 오늘 내가 순간의 열정으로 휘갈긴 글은 그럴듯해 보일지 모르지만, 내일이 되면……아아, 그것들은 부실하고 밋밋하며 유익하지 않을 거다. 땅바닥에 버려진 랍스터 껍데기처럼 길거리에 버려져 나를 빤히 쳐다볼 것이다.

인간이 부끄러움을 느끼지 않고 할 수 있는 일이 있을까? 물론 아무 일을 하지 않아도 된다. 그 대신 '게으름뱅이'라는 말을 듣게 될 것이다. 자신이 먼저 그렇게 부를 수도 있다. 그런데 뭘 하면 게으름뱅이라는 말을 안 듣게 될까? 실제로 무언가를 할 건가, 아니면 아예 하지 않을 건가? 했다고 해도 나쁘지 않거나 기껏해야 비교적 잘된 정도 아닐까?

인간은 그런 존재다. 빵 부스러기를 어깨에 짊어지고 가서 곳간에 쌓아두는 개미와 다르지 않다. 아등바등 힘들게 일하고 나서 만족스럽게 하늘을 바라본다. 그리고 땅도 쳐다본다. 개미도 아래를 내려다볼 수 있으니까. 하늘과 땅 또한 아래와 위를 바라본다. 사람들에게 나타나고, 세상에 나타나고 행위를 전달받고 모든 것을 파악한 후 밤의 어둠 속으로 사라진다. 그러면 인간은 영원히 이와 같은 길을 가야 하는 운명에 처해 있는 건가? 자신을 비난하고 억누르며 온전하고 존중받을 살아 있는 무형의 무언가를 만들어 낼 수는 없는 건가?

3월 14일 사회

신문에 실린 모든 격언에는 본래 어떤 진리가 담겨 있다. 따라서 '인간은 사회를 위해 창조되었다'라는 말은 다른 중요한 진리에 어긋나지 않는 한 누구도 기만하는 일이 없었다. 하지만 오늘날에는 다른 의미를 갖게 되었다. 그 의미를 보존하기 위해서는 이렇게 다시 써야 한다. '사회는 인간을 위해 창조되었다'라고 말해야 합당할 것이다.

인간은 태어나자마자 곧바로 사회에 속하는 게 아니다. 세상 속에서 태어났다고 말하기도 어렵다. 인간은 세상 속에 있지만, 한동안은 그 안에 숨겨져 있다.

모든 사람의 삶을 제대로 구성하는 데는 심오한 비밀이 숨겨져 있다. 이것은 모든 사람이 알고 싶어 하지만 스스로 드러내기는 꺼리는 것이다.

거의 모든 땅에는 인간이 일찍이 또는 나중에 그곳에 있었다는 증거로 새로 생긴 상처나 지워지지 않는 흉터가 있다.

대중은 최고 구성원의 수준에 결코 도달하지 못하고, 반대로 가장 낮은 수준으로 자신을 타락시킨다. 개혁가들은 이를 두고 상향 평준화가 아닌, 하향 평준화라고 말한다. 대중은 폭도의 또 다른 이름일 뿐이다. 이 땅의 사람들이 한곳에 모이면 가장 큰 대중을 형성할 거다. 대중은 제정신이 아니고 눈이 먼 동물이라고 일컬어지며 치안 판사들은 대중을 달래야 한다고 말한다. 이는 마을에 홍수가 나면 누구의 땅이 침수될지, 얼마나 많은 다리가 떠내려갈지 모르는 것처럼 대중의 마음이 어느 방향으로 흐르게 될지 모르기 때문이다.

가축 전시회에 가면 많은 남자와 여자가 모일 거라고 예상하지만, 실제로는 일꾼 소와 말끔한 가축만 보인다. 학위 수여식에 참석하면 적어도 그 나라 사람들을 만날 수 있겠다고 생각하지만, 그들이 있다 해도 완전히 묻혀서 연설자의 시야와 청각에서 벗어나지 않으면 주변에 있는 무의미한 존재들 속에서 자신의 정체성을 잃어버릴까 두려워하게 된다.

우리는 진정한 사회에서 점점 더 멀어지고 있다. 한때는 침묵이 사람들에게 접근하는 방식이었지만, 오늘날 사람들끼리 나누는 대화는 만남을 피하기 위한 구실일 뿐이다. 사람들은 머리가 아닌 발뒤꿈치로 만나는 걸 만족해하는 것처럼 보인다. 사교 모임이나 지인들과의 개인적인 만남도 마찬가지다. 1마일(약 1.6킬로미터) 근방에 사는 잘 아는 사람들과 먹고, 마시고, 자는 것 같은 일상을 함께 하는 지인들과의 모임 역시 더 나을 게 없다.

우리는 두근거리는 마음으로 별빛을 따라 신들의 모임으로 향한다. 그러나 환상은 금세 사라지고 처음에는 꿀과 신의 음식으로 보였던 것이 흔해 빠진 홍차와 값싼 빵에 불과했음을 알게 된다. 그런 다음 재빨리 신의 구속에서 벗어나 한쪽 귀와 두 개의 입을 가진 불멸의 존재인 체한다. 이렇게 함으로써 고대 그리스의 호메로스가 붙여 준 '말하는 인간μέροψ ἄνθρωπος'이라는 존재의 자격을 증명한다. 그러나 안타깝게도 우리는 아직 그가 언제

정점에 도달하는지를 알 수 있는 규칙을 발명하지 못했다. 핀란드에서는 '어떤 모임에서 남성이 사람들의 호감을 사는 데 성공하면 여성들이 예상치 못한 순간에 갑자기 그의 등을 때리는 관습이 있으며 호감 정도는 타격의 강도에 비례한다'고 한다.

이웃 사람들이 난로 주위에 모이기를 기다리면서 이웃의 흙집들을 보면 짜증이 난다. 대부분 새로 회벽칠을 하고 새 지붕을 얹고 외관을 단장했다. 이러한 널빤지 궁전의 바깥문을 살짝 두드려보기만 해도 집에 주인이 없다는 것을 쉽게 알 수 있다.

그러고 보면 전쟁터가 응접실보다 더 나은 것 같다. 전쟁터에서는 적어도 위선이나 과도하게 격식을 차릴 필요가 없다. 상대와 악수를 하거나 코를 비비며 인사하는 것 같은 의심을 살 만한 행동을 할 필요도 없다. 진심 어린, 격렬한 손놀림만 존재한다. 전쟁터에서 인간은 적어도 자신의 얼굴을 그대로 보여 주지만, 응접실에서는 서로 가면만 보여 줄 뿐이다.

사람들은 서로에게 가까이 다가가지만, 이는 기계적 접촉에 불과하다. 마치 두 개의 돌을 문지르면 소리가 나지만 실제로는 서로 닿지 않는 것처럼 말이다.

인간은 본능에 따라 서로 대화할 수 있는 거리 안에 오두막을 짓고 옥수수와 감자를 심으면서 마을을 이루고 있지만, 단지 모여 있을 뿐 진정으로 연계되어 있지는 않다. 사회는 단순히 '인간이 모여 있는 것'을 의미할 뿐이다.

극장에 가면 그날의 어리석음을 되새길 시간이 없다. 저녁 한 시간을 웃거나 울면서 그냥 흘려버린다. 완벽한 교류를 포기하거나 적어도 가능할 거라는 생각을 아예 하지 않는다. 가련하고 돈벌이에만 관심이 있는 배우처럼 인생이라는 드라마가 아닌 그럴듯한 광대극에서 우리의 배역을 연기하는 것에 만족한다.

우리의 사소한 행위는 태어나자마자 인과의 바다를 향해 가는 어린 참게처럼 영원의 바다에 이르러 하나의 물방울이 된다.

우리의 만남은 두 행성이 만나는 것 같아야 한다. 서로 충돌하려고 하지 않고, 미묘한 끌림에 의해 서서히 다가가 각자의 궤도를 따라 충실히 움직이는 그런 행성들처럼 말이다.

만약 이웃이 그대를 불러 세상이 어떻게 돌아가고 있는지 묻거든, 최대한 진실하고 명쾌하게 대답해 주어라. 땅에 발을 단단히 딛고, 그가 원하든 아니든 엄격하고 공정하게 양심적으로 답해 주어라.

사회가 헤엄쳐 가야 하는 혹은 파도에 쓸려가는 그런 바다가 아닌, 바다로 이어지는 단단한 땅이 되도록 하라. 언덕의 기슭에는 매일 밀물이 몰아닥치지만, 그 정상은 봄의 밀물만이 닿을 수 있는 그런 곳이어야 한다.

그러나 이 정도의 교제는 사람들을 만족시키지 못할 것이다. 남편이 고기를 잡으러 바다에 나가 있을 때 저녁에 해안가에 나와 남편의 목소리가 들릴 때까지 고음으로 노래를 부른 말라모코*와 팔레스트리나**의 아낙들처럼 우리도 노래를 부르면서 멀리서 친절한 영혼의 응답을 기다린다.

4월 1일 인디언 도끼

오랜 시간 동안 부지런히 돌과 돌을 문질러 마침내 도끼나 절구를 만들어내는 것처럼 인디언들은 강한 생명력을 가졌다. 그들은 끊임없는 변화의 흐름 속에서도 '나는 적어도 영속적인 삶을 살 것이다'라고 말하고 있는 듯하다

＊　　이탈리아의 포강 부근에 위치한 베네치아 최초의 도시다.
＊＊　이탈리아 중부, 로마의 동남동 약 38킬로미터에 있는 언덕 중턱에 위치한
　　　마을이다.

침묵은 변치 않는 영원한 피난처

1838년 여름과 겨울

7월 15일 의심

친구들이 나의 행동을 오해하더라도 내가 신과 자연 앞에서 떳떳하다면 무슨 상관이 있는가? 만약 어떤 잘못이 있다면 잘못을 저지른 이에게 책임을 물으면 되고, 이 세계와 맺은 관계에는 어떠한 영향도 미치지 않는다. 친구들의 불신도 이겨내야 한다. 친구가 호의를 베풀지 않더라도 내게 바람을 타고 오는 더 큰 호의가 있지 않은가.

12월 소리와 침묵

참된 사회일수록 고독에 가까워지듯, 뛰어난 연설도 침묵으로 끝이 난다. 우리는 고독과 침묵이 숲속 깊은 곳에만 존재하는 양,

은둔처에서 빠져나와 고독과 침묵을 찾아다닌다. 마치 창조가 침묵을 대신이라도 한 것처럼 우리는 세상이 존재하기 전부터 침묵이 존재했다고 알고 있다. 침묵을 보이게 하는 어떤 틀이나 장식은 없으며, 침묵은 오로지 자기가 좋아하는 골짜기에만 나타난다고 생각한다. 하지만 셀든의 정육점 주인이 칼을 입에 물고 칼을 찾는 것처럼 우리가 그곳에 가면 침묵이 올 거라고 미처 생각하지 못한다. 사람이 있는 곳에는 침묵이 있다.

침묵은 의식이 있는 영혼이 자기 자신과 교감하는 것이다. 영혼이 잠시 자신의 무한에 집중할 때 침묵이 있다. 침묵은 언제 어디서나 모든 사람에게 들리며 우리가 원하기만 하면 언제든 침묵의 가르침을 들을 수 있다.

침묵은 소음보다 우리에게 더 친숙하다. 솔송나무나 소나무 나뭇가지 사이에 있을 때 우리는 숨어 있는 침묵을 발견할 수 있다. 우리 곁에서 곧게 뻗은 줄기를 두드리는 동고비는 엄숙한 고요함을 대변하는 부분적인 존재일 뿐이다.

침묵은 길가와 길모퉁이에서 종탑과 포구砲口, 지진의 여파 끝에 숨어 있으면서 소음을 너른 가슴으로 끌어안고 따뜻하게 품어 준다.

우리 내면의 귀에 들려오는 신성한 소리는 미풍에 실려 오거나 호수에 반사되어 우리가 바위 사이에서 움직이지 않고 서서 숨을 들이마실 때 우리 영혼의 신전을 정화한다.

부르짖음은 벽과 석공의 산물이지만 속삭임은 숲속 깊은 곳이나 호숫가에, 침묵은 우주의 음향에 가장 잘 어울린다.

모든 소리는 침묵의 하인이자 조달자다. 그들은 침묵이 자신들의 여주인일 뿐 아니라 열심히 찾아다녀야 만날 수 있는 귀한 존재임을 알고 있다. 가장 뚜렷하고 중요한 소리 뒤에는 언제나 그것을 떠받치고 있는 더 중요한 침묵이 있다. 천둥은 우리가 어떤 소통을 기다리고 있는지를 알려 주는 신호일 뿐이다. 우리는 천둥소리에 이어지는 둔탁한 소리가 아닌 우리 존재의 무한한 확장을 찬양하며 모든 사람은 그것을 숭고함이라고 부른다.

모든 소리는 침묵과 다르지 않다. 생겼다가 침묵의 표면에 잠시 나타나는 거품이며 저류의 힘과 풍요로움의 상징이다. 침묵의 희미한 발화이며 침묵과 대조될 때만 우리의 청각 신경을 만족시킨다. 이렇게 침묵을 고조시키고 강화할 때 조화롭고 순수한 선율이 된다.

모든 선율은 침묵과 동맹 관계에 있으며 침묵을 방해하지 않고 도움을 준다.

시인들이 특정 소리를 선호하는 이유는 그 소리가 침묵을 더 돋보이게 하기 때문이다.

매미에게 바치는 아나크레온*의 송가

*   사랑과 술을 찬미한 그리스의 서정 시인이다.

매미야, 우리는 그대가 행복하다고 선언한다.

그대는 나무 꼭대기에서

작은 이슬을 마시며

노래하는 왕처럼

그대에게 모든 것이 있나니.

들판에서 무엇을 보든

숲에 무엇이 있든

모두 그대의 것이기 때문이니.

그대는 농부의 친구이고

아무에게도 해를 끼치지 않으며

사람들에게 존경받으니.

여름의 달콤한 예언자여,

뮤즈들이 그대를 사랑하고

아폴론도 그대를 사랑하여

그대에게 높은음의 노래를 선사했다.

땅에서 태어난 노래를 사랑하는 기술자여,

그대는 나이가 들어도 쇠하지 않네.

고통받지 않고 피도 없는 그대는

신과 다를 바 없네.

 침묵은 모든 것의 피난처로 온갖 무미건조한 담화와 어리석은
행위 끝에 우리가 찾는 것이다. 모든 억울함의 치료제로 만족한

후에든 실망한 후에든 관계없이 환영받는다. 뛰어난 화가든 아니든 관계없이 절대 덧칠할 수 없는 배경이다. 우리가 침묵의 전경에서 아무리 꼴사납게 비치더라도 변치 않는 우리의 영원한 피난처다.

침묵하는 자는 자기가 사는 세상의 일들에 평정심을 갖고 관찰하며 미덕과 정의로 상을 정하고, 어떤 비방과 모욕에도 흔들리지 않으며 이 모든 것을 하나의 현상으로 간주한다. 그는 진실함, 선함, 아름다움을 가진 자다. 어떤 모욕도 그를 괴롭힐 수 없고 어떤 이도 그를 혼란에 빠뜨릴 수 없다.

연설가는 자기를 내려놓고 침묵했을 때 비로소 설득력 있게 말할 수 있다. 그는 말하면서 듣기에 청중과 함께 청자가 된다.

침묵의 무한한 소리에 귀 기울이지 않을 자 누구인가? 침묵은 모든 사람이 어깨에 메고 다닐 수 있고 누구든 원하면 귀에 댈 수 있는 진리의 나팔이다. 침묵은 왕과 신하들이 의견을 물을 수 있는 유일한 신탁인 진정한 델포이*이자 도도나**이며 모호한 답변으로 우리를 실망시키는 경우가 없다. 모든 계시는 침묵을 통해 이루어졌으며 사람들은 명확한 통찰을 얻었다. 그래서 그 시대는 깨달음의 시대로 불렸다. 그러나 이후 사람들이 가짜 델포이와 미친 여사제를 찾아다녔을 때 어둠에 빠져들어 온 나라가

﹡　　그리스의 옛 도시로 신탁으로 유명한 아폴로 신전이 있었다.
﹡﹡　　고대 그리스 서부 에베소 지방에 있는 제우스의 신탁소다.

수다스럽고 시끄러워졌다. 그리스 시대와 같이 침묵하고 선율이 풍부한 시대는 언제나 사람들의 귀에 울려 퍼진다.

좋은 책은 침묵의 수금을 켜는 채와 같다. 우리가 서사시를 숨죽이고 집중해서 읽다 보면 "그가 말했다."라는 가장 중요한 대목에 이르게 되는데, 이때 아직 쓰지 못한 우리의 후속편을 채워 넣기 위해 생명력 없는 글에 눈을 돌리는 경우가 많다. 그런데 이 세상의 모든 가치 있는 책에서 후속편은 상당한 비중을 차지한다. 작가의 목적은 "그가 말했다."라고 한 번 단호하게 말하는 것이어야 한다. 이것이 작가가 도달할 수 있는 최대치다. 자신의 책을 침묵의 파도가 부서질 수 있는 배경에 제공했다면 아주 잘한 일이다. 영국의 시인 그레이가 말한 것처럼 우리를 전율케 하는 건 '바람이 다시 모이는 순간'이며 이는 폭풍의 무의미한 울부짖음보다 훨씬 더 웅장하다.

저녁이 되면 침묵은 많은 사신들을 내게 보낸다. 그중 일부는 파도처럼 가라앉기 때문에 마을에서 나는 소음이 크게 들린다.

나는 침묵을 다른 말로 옮겨보려고 했지만, 번번이 실패했다. 영어로 설명할 수도 없다. 6,000년간 사람들이 저마다 자신의 방식으로 설명하려고 했지만, 여전히 봉인된 책과 같다. 인간은 언젠가는 침묵을 완전히 이해하고 설명할 수 있다고 큰소리치지만, 결국에는 침묵할 수밖에 없고 자신이 얼마나 용감하게 그 일을 시작했는지에 대해서만 말할 수밖에 없을 것이다. 왜냐하면 침묵에 빠지면 말을 한 것과 그렇지 않은 것의 차이가 너무나도 커서 말하는 것은 침묵이 사라진 표면 위의 거품에 불과하기 때문이다.

그럼에도 우리는 계속 나아갈 것이다. 중국의 절벽제비*처럼 나중에 바닷가에 사는 이들에게 생명의 빵이 되기를 바라면서 거품으로 둥지를 채울 것이다.

* 삼색제비라고도 불리며 절벽이나 처마 벽에 진흙으로 주발 모양의 집을 짓는다. 주로 북아메리카에 분포한다.

용감한 사람의 나약함

1839년 4월에서 9월까지

⋮

4월 24일 상황

우리는 주변에서 일어난 이해하지 못할 일들이나 예상치 못한 사건에 많은 관심을 기울인다. 그런데 우리가 우주에 어떻게 영향을 미쳤는지 그로 인해 우주의 품위가 어떻게 손상되었는지에 대해서는 도무지 관심이 없다. 각각의 상황에서 우리가 내린 판단을 기록해 보자.

지인

저급한 사람들은 격식을 중요하게 여기는데 이는 마땅한 기반이 없기 때문이다. 이 땅의 위대한 사람들에게는 우리를 소개할 필요가 없고 우리에게도 그들에 대한 소개가 필요 없다.

5월 17일 힘의 형태

약한 사람이 평면적이라는 말은 맞다. 그는 모든 평평한 물질과 마찬가지로 가장자리에 서 있지 않고 평면을 선호하기 때문이다. 약한 자는 평생 그런 식으로 삶을 산다. 예를 들어, 짚은 세로 방향이 강하고 판자는 모서리 부분이 강하며, 무릎은 수직 방향에서 많은 힘을 받을 수 있다. 용감한 사람은 평평하지 않고, 모든 면이 똑같이 강한 완벽한 구ℝ다. 겁쟁이는 기껏해야 찌그러진 구형으로 한 분야에만 지식을 쌓고 다른 분야는 외면하는 등 자신을 균형 있게 발전시키지 못한다. 겉으로는 큰 구체로 보이지만, 속이 비어 있는 경우도 여기에 해당한다.

9월 1일 강의 길

첼름스퍼드의 운하 강둑에 있는 참나무 아래.

볼스 힐에서 빌레리카 집회소까지의 강길은 고귀한 물줄기로 완만한 언덕과 절벽 사이를 흐르고, 가는 길 내내 숲이 우거져 있다. 강물이 흐른다기보다 고요한 호수처럼 언덕 꼭대기에 자리 잡고 있다. 뱃사공들은 이곳을 '죽은 강'이라고 부른다. 길게 뻗어 있는 구간의 강둑에는 사람이 산 흔적을 전혀 찾아볼 수 없다. 자연이 안식일을 지키고 있는 것 같다. 강과 숲 위로는 변함없이 따뜻한 태양이 내리쬐고, 물결이 일렁일 정도의 바람이 불지 않는다. 소들은 배를 강물에 적신 채 줄지어 서 있고 렘브란트가 이곳 어딘가에 있어야 할 것 같다는 생각이 들게 한다.

메리맥 동쪽 강둑에 있는 팅스보로의 참나무 바로 아래에서 야영.

9월 2일

메리맥 서쪽 강둑에 있는 깊은 협곡 부근에서 야영.

9월 3일

베드포드의 서쪽 강둑, 쿠스 폭포 위 큰 바위 맞은편에서 야영.

9월 4일 수요일

후크세트, 동쪽 강둑, 마을에서 2~3마일(약 3.2~4.8킬로미터) 아래쪽, 미첼 씨 집 건너편에서 야영.

9월 5일

콩코드까지 도보로 10마일(약 16.1킬로미터) 이동.

9월 6일

플리머스까지 말을 타고 40마일(약 64.4킬로미터) 이동. 그 후 도보로 손턴에 있는 틸튼의 여관까지 도보로 이동. 화이트 마운틴이 처음 보이는 샌본턴 광장에서 경치가 시작된다. 캠프턴은 확실히 산악 지대다.

9월 7일

손턴에서 필링과 링컨을 거쳐 프랭코니아까지 도보로 이동. 링컨에서는 스톤 플룸과 분지를, 프랭코니아에서는 노치를 방문해서 '산의 노인'이라 불리는 자연 암석을 보았다.

9월 8일

프랭코니아에서 토마스 J. 크로포드 씨 집까지 도보로 이동.

9월 9일

크로포드 씨 집에서.

9월 10일

산을 넘어 콘웨이로 이동.

9월 11일

콩코드까지 말을 타고 이동.

9월 12일

후크세트까지 말을 타고 이동. 뉴햄프셔 베드포드, 메리맥 북쪽까지 노를 저어 이동한 후 큰 섬 부근에서 야영.

9월 13일

콩코드까지 노와 돛의 힘으로 50마일(약 80.5킬로미터) 이동.

노력의 특권

1840년 상반기

⋮

1월 27일 시

우리는 얼마나 무미건조한 삶을 살고 있는가! 왜 영웅적인 기상이 없는가! 이는 지나치게 완벽한 생활 방식을 추구하기 때문인가?

영혼이 자신의 길을 알아서 가도록 놔두자. 오래 지속될 수 있는 조화로운 일상을 확립하는 것은 어렵지 않으며, 이는 자연의 모든 부분이 여기에 동조하기 때문이다. 태양의 시계는 여전히 정오를 가리키고, 해는 정해진 대로 뜨고 진다. 우리 이웃들도 그러한 계획이 시행될 때 괜한 고집을 부리며 다른 길로 가지 않는다. 모두가 곧바로 발 벗고 나와 종을 울리고 연료와 불을 가져와 일하고 가장 좋은 옷을 입으며 자연의 운행에 진지하게 순응한다. 이는 때로는 부족하지만, 모두가 힘을 합쳐 지탱하는 현재의 삶이 항상 존재하기 때문이다. 단조로운 노래는 계속된다.

1월 29일 바다의 필요성

역사 속 친구는 마치 조숙한 영혼처럼 보인다. 이 시대에 사랑이라는 공동체는 저 멀리 해변에서 부서지는 파도와 같다. 우리에게는 바다가 있어야 한다. 우리의 해변을 씻어주고 정화하는 그런 바다 말이다.

오직 이것을 위해 사람들이 항해하고, 거래하고, 경작하고, 설교하고 싸우는 것이다.

2월 26일 진공

중대한 사건일수록 처음 일어났을 때는 요란하지 않으며 그 결과도 마찬가지다. 그러한 사건들은 온통 베일에 싸여 있는 것처럼 보인다. 소음은 비어 있는 곳에 공기가 몰려들어 빈 곳을 채우면서 나는 소리다. 모두가 동의하고 함께 준비한 위대한 사건은 점진적이기 때문에 폭발을 일으키지 않는다. 갑자기 채워야 하는 진공을 만들지 않기 때문이다. 침묵 속에 태어나서 주위에 속삭이지 않고 세상의 질서와 상충하는 암살은 즉각 소동을 일으킨다.

옥수수는 밤에 자라는 법이다.

2월 28일 세상을 떠난 친구

친구가 세상을 떠났을 때 운명이 우리를 신뢰하여 친구의 삶까지 두 배로 살아가라는 임무를 주었다는 걸 우리는 알아야 한다. 따라서 이제 우리의 삶에서도 친구의 삶에 대한 약속을 이행해야 한다는 것을 명심해야 한다.

2월 29일 인내

어떤 친구는 전체 행동을 보고 충고할 뿐 사사로운 건 문제 삼지 않는다. 한편, 또 다른 친구는 잘못을 꾸짖지 않고 사랑으로 감싸 준다. 그는 상대방의 잘못을 보면서도 묵묵히 그것을 인내한다. 친구의 잘못이 추방되고 자연스럽게 소멸할 때까지 진실을 사랑하고 친구가 그것을 사랑하도록 돕는다.

5월 14일 친절함

누군가 우리를 위해 친절한 행동을 하거나 선물을 주면 우리는 그것을 베푼 사람이 아닌, 그의 진실함과 사랑에 빚을 진 거라고 할 수 있다. 이를 보답하기 위해 우리는 더 진실해지고 친절해져야 한다. 우리가 친절을 베풀면서 그로 인해 기쁨을 느끼는 만큼 그 빚은 갚아지는 거다. 감사하는 마음이란 스스로 만족하면서 기뻐하는 마음이 아닐까? 고귀하게 가난한 사람은 고귀하게 친절을 받아들임으로써 자신의 의무를 해소할 것이다.

친절에 고마워하지 않는다면 우리는 정말로 빚을 지게 된다.

관대하게 행해진 친절은 언제든지 기쁨의 대상이다. 남에게 은혜를 베풀었다고 해서 기뻐하지 않고 구석진 곳에서 말없이 시큰둥하게 앉아만 있다면, 이는 자발적으로 빚을 지고 감옥에 갇혀 사는 것과 다를 게 무엇인가? 창살 사이로 세상을 보는 것과 같다. 고결한 행동의 빛이 항상 모든 틈새로 우리를 비추지 않는다면 우리는 지하 감옥에 사는 것과 다를 바 없다.

전쟁은 충돌에 동질감을 느낀다. 우리는 서로 문지르곤 한다. 문지르기는 단순한 마찰일 수도 있지만, 기분 좋은 자극이 될 수도 있다. 오히려 우리는 가장 평온한 상황에서 전쟁의 긴장감을 더 잘 느낄 수 있다. 인간은 천국을 볼 수 없지만 그곳에서 전투에 임하는 군대를 상상할 수 있다. 밀턴의 천국은 수용소였다. 아침 안개를 뚫고 태양이 떠오를 때면 트로이 평원에서 전차가 천둥을 치는 것보다 더 큰 전쟁의 소음이 들리는 것 같다. 모든 사람은 자신이 열망할 때 전사가 된다. 자신의 자리를 향해 행진한다. 군인은 현실적인 이상주의자이며 물질을 전혀 동정하지 않고 물질의 소멸을 즐긴다. 우리는 항상 그렇다. 홍수가 인간의 작품을 쓸어버리거나 화재로 소멸시켜도, 리스본 지진*과 같은 재앙이 인간을 흔들어도 우리는 우주에 대해 더 큰 동정심을 느낀다. 충돌하는 소리가 우리의 귀에 더 기분 좋게 들릴 수 있다.

---

* 1755년 11월 1일, 세 차례에 걸쳐 포르투갈과 스페인 및 아프리카 북서부 일대를 강타한 대지진이다.

7월 1일 진정성

인간이 된다는 건 인간의 일을 한다는 걸 의미한다. 노력만이 우리가 가진 자원이다. 진정한 인간이 되기 위해서는 끊임없이 노력해야 한다. 노력해야 성공할 수 있다. 노력은 미덕의 특권이며 그 자체로 가치가 있다.

진정한 노동자는 고용주가 아닌 자신의 노동으로 보상을 받으며 근면 그 자체가 임금이다. 우리의 진정한 노력은 언제나 보상을 받는다. 우리가 수입을 얻지 못하는 유일한 경우는 보상을 얻지 못한다는 것을 알면서도 하찮은 보상을 바라면서 노력하지 않을 때다.

진정한 시는 대중이 흔히 읽는 시가 아니다. 종이에 인쇄되지 않는 시가 있다. 이것은 시인의 삶 속에 고정되고 관념화된 것으로 시인의 작업을 통해 시인 그 자신이 된 것이다. 어떤 가치의 상징은 나무나 대리석, 혹은 운문으로 형상화될 수 있다. 하지만 이는 노동자의 임금처럼 유동적이어서 지급될 수도 있고 그렇지 않을 수도 있다. 그의 진정한 재료는 어떤 물질이 아니라 초자연적인 것이다. 아마도 가장 엄청나고 영향력 있는 행위가 땅에서는 전혀 합리적인 결과를 가져오지 못할 수 있지만, 하늘에서는 새로운 별과 별자리로 그려질 수 있을 것이다. 그 재료 자체가 자연에서 온 것이다. 간혹 우리가 열정을 다해 노력한다고 해서, 우리의 작품이 미술관에 전시될 거라고 기대하지 마라. 예술가는 자신의 진정한 작품이 어떤 왕자의 미술관에 전시될 거라고 기대해서는 안 된다.

7월 2일 준비가 된 사람들

나는 모세처럼 율법을 터득하기 위해 산에 올라간 것이 아니라 따뜻한 햇살과 자애로운 빛이 비치는 곳으로 들어 올려진 것이다.

갈 준비가 된 사람들은 이미 초대를 받았다.

인간과 사물이 모두 매력적일 때 그 자체로 다른 이들을 끌어들인다.

그것이 만물이 돕는 일이고, 미루는 것이 자연의 흐름을 거스르는 행위가 아닐까?

좋은 책은 어떤 편애도 불러일으키지 않는다

1841년 메리 크리스마스

. . . .

1월 24일 영적 진리

나는 매일 사람들을 만나기가 힘들어 자꾸 움츠러든다.

나 자신을 결연하고 충실하게 지키고 겸손함을 유지하고 싶다. 내가 비록 가난하더라도 가장 최고의 것을 사람들에게 준다면, 신은 미래에 내가 더 나은 걸 채울 수 있도록 도와줄 것이다. 인간이 인간에게 줄 수 있는 가장 고귀한 선물은 진정성이며 여기에는 정직함도 포함된다. 약한 자나 강한 자의 눈치를 보며 근심하지 말고, 자신을 깨끗하게 비워라. 자연 앞에서는 부끄러워할 것도 무례할 필요도 없으니 나는 사람들 사이에서도 풍경 속에 있을 때처럼 존재하고 싶다.

영국의 시인이자 평론가인 콜리지는 '성경의 구약과 신약에서 공통으로 자주 나타나는 개념들'에 대해 이렇게 말한다. "그것들은 맨눈으로 봤을 때나 망원경으로 봤을 때나 같은 크기로 보이는 고정된 별과 비슷하며 망원경으로 자세히 보면 더 커지기보다는 오히려 더 작아 보일 수 있다."

우리 마음속에서 자연적 사실이 영적 사실보다 앞선다기보다 영적 사실이 그와 유사한 자연적 사실을 제시한다고 말하는 편이 더 적절하다.

때때로 진지함은 어쩔 수 없이 경박한 행동을 하게 되고, 어리석음이라는 신선한 술을 한 모금 마시게 될 수도 있다. 엄숙한 루시퍼와 아폴로의 날이 할리퀸과 콘월리스와 같은 바보의 날로 바뀌게 된다. 태양은 아낌없이 자신의 빛을 내어주고, 모든 신이 이날들을 하나같이 후원한다. 과중한 학업에 시달리는 학생들처럼 나의 몸과 모든 신경, 힘줄이 쉴 시간을 달라고 생각에게 요청하고, 내 허벅지 뼈마저 내 밑에서 빠져나와 그 난장판에 끼고 싶어 한다. 나는 자연과 영혼에 기대어 극도의 광기 속에서 크게 기뻐한다. 우리는 신들이 오로지 차분하고 명상적인 신사들에게만 자신을 드러낸다고 생각한다. 하지만 그렇지 않다. 광대는 익살스러운 행동을 하는 도중에도 아무도 보지 못한 것을 포착하고, 외로운 시간을 위해 그것을 소중히 간직한다. 나 역시 어릿광대 짓을 하면서 옛 생각을 더 자유롭고 보편적인 철학으로 바꾸고 싶은 충동에 빠지곤 한다.

2월 19일 위대한 책

진정으로 좋은 책은 어떤 편애도 불러일으키지 않는다. 너무나도 진실해서 읽는 것보다 더 많은 것을 가르쳐 준다. 나는 그냥 책을 내려놓고 책이 말하는 대로 실천하면 된다. 특정 책은 천재성의 최고 발현이라고 평가되며 그보다 더 나은 작품이 나오기 어려울 정도로 뛰어나다. 평범한 책을 읽으면 읽는 것만으로도 내가 할 수 있는 최고를 했다고 할 수 있지만, 영감을 주는 책은 마지막 장을 채 끝내기도 전에 행동하게 만든다. 그런 책은 단순히 읽을 분위기를 만들어 주는 것이 아니라 책의 가르침을 실천해야 한다는 생각이 들게 한다. 그리고 내게 내려놓는 것이 전혀 아쉽지 않을 정도의 많은 정신적인 부를 안겨 준다. 시작은 읽으면서 했지만, 마무리는 행동으로 해야 한다. 그래서 나는 좋은 설교를 끝까지 듣고 박수를 보내는 대신, 그 설교가 끝나기도 전에 스파르타의 전사들처럼 이미 테르모필레*로 향하고 있을 것이다.

어떤 농담이나 거짓말이 신문을 통해 이 나라 전역에 만연할 때, 어떤 지리책이나 안내서에도 없는 한가함과 태연함이 사회에 퍼져 있다는 걸 알 수 있다. 그것은 앨러게니산맥을 넘어온 정보의 조각으로 전혀 예상하지 못한 것이지만, 나는 소중히 여긴

---

* B.C.480, 레오니다스 왕이 이끄는 스파르타 군이 페르시아 대군을 맞아 전멸한 곳이다.

다. 자연에서도 마찬가지다. 나는 때때로 자연에서 아름다움과 우아함으로 이어지는 이상하고 사소하며 무기력한 모습, 즉 환상적이고 기발한 형상의 눈과 얼음, 토끼의 발자국이 보여 주는 설명이 불가한 기이함을 관찰한다. 이 때문일까? 그 바쁜 투기꾼들이 왜 열병과 괴질로 죽지 않는지 이제야 알 것 같다.

콜러지와 나는 '하얀 석회벽에 습기가 만들어내 풍경'을 관찰했다.

우리는 성인이 되어 어린 시절의 꿈을 이야기하려고 하지만, 사실 그 꿈은 우리가 꿈의 언어를 배우기 전에 기억에서 사라져 버린다.

탐험 되지 않은 폭풍의 장엄함이 여행자의 기운을 북돋운다. 숲속에서의 고단하고 헐벗은 삶을 생각할 때, 나는 그 경박하지 않음에서 마지막 위안을 얻는다. 바다에서 난파당하는 건 덜 고통스럽다. 파도가 우리를 우롱하지 않기 때문이다. 자연의 냉정하고 엄숙한 신비를 인식하는 한, 우리는 체념하고 받아들인다. 물에 젖은 선원은 폭풍의 무한한 장엄함 속에서 위로와 공감을 동시에 찾는다. 그에게는 이것이 도덕적인 힘이다. 그와 같이 용기 있는 사람은 자신의 삶을 바닥에 내려놓을 수 있다. 왜냐하면 폭풍이 그에게 귀 기울이지 않은 적 없고 공감하지 않은 적 없기 때문이다.

좁은 영혼을 사랑한 탓에 나는 많고 짧은 항해를 했지만, 헛될 뿐이다. 위대한 영혼을 찾아 바람을 타고 넓은 바다를 항해했지만, 해변을 아직 찾지 못했다.

그대는 내가 아직은 그대의 친구가 아니라고 이야기한다. 친구를 화해시킬 수 있는 것은 사랑밖에 없다. 서로를 적대적으로 대하면서 문제를 해결하려고 하면 감당하지 못할 치명적인 실수를 저지르게 된다. 그것은 서로의 잘못이다.

12월 24일 크리스마스 이브

나는 하루빨리 연못가로 가서 바람이 갈대 사이로 속삭이는 소리만 들으며 살고 싶다. 나 자신을 남겨 두고 떠날 수 있다면, 그것은 성공일 것이다. 친구들은 내가 그곳에 가면 무엇을 할 것인지 묻고 싶어 한다. 계절의 변화를 지켜보는 것만으로도 충분하지 않을까?

12월 25일 메리 크리스마스

자연은 인간의 불경함을 오랫동안 너그럽게 눈감아 준 것 같다. 나무는 여전히 친절하게 도끼질 소리를 메아리치게 하고, 도끼질이 줄어들고 그 소리가 거의 들리지 않을 때 산책에 새로운 매력이 더해진다. 주변의 모든 것이 인간이 내는 소리를 자연스럽게 만들기 위해 노력한다.

우리가 겨울에도 여름과 같은 정도의 더위를 경험하는 건 계절을 공감하기 때문이다.

무례한 행동을 자연스럽다고 말하는 건 진정한 사과가 아니다. 거친 숲에서도 섬세함과 완벽함이 존재할 수 있기 때문이다.

　나는 내 삶이 일시적인 것처럼 느껴지지 않기를 바란다. 삶을 그런 식으로 보는 철학은 진실한 철학이 될 수 없다고 생각한다. 이제 나는 진정한 삶을 시작하려고 한다.

12월 26일 크리스마스 다음 날

　여름과 겨우내 자신의 영혼을 관조하면서 기쁨을 찾는 자가 진정한 부자이며 부의 열매를 즐길 줄 아는 사람이다. 나는 여름 밤이나 겨울밤의 하늘을 바라보는 것만큼이나 지치지 않고 새롭게 나의 영혼을 감상할 수 있다. 자연의 종소리를 들으면 지금보다 더 새롭고 순수했던 시절과 안식일로 돌아가는 것 같고, 마치 세상 안에 또 하나의 세상이 있는 것처럼 느껴진다.

　죄는 명백한 행위이지만 단순히 행동의 문제가 아니며 우리가 영원의 가치를 잃고 세속적인 시간에 휘둘리는 정도에 따라 크고 작음이 결정된다. 다시 말하면, 우리의 본질적인 성향이나 요소가 세속적인 것과 얼마나 섞였는지에 따라 죄의 정도가 결정되는 게 확실하다. 숨 쉬고 살면서 무엇을 열망할 것인가라는 질문에 인생의 목표가 담겨 있다.

12월 29일 어떤 덕목 덕분에 행복한가?

　인간은 삶의 기술을 쉽게 배우지 못한다. 진정한 삶을 살기 위해서는 다른 무엇보다 더 많은 예술성과 섬세한 기술이 필요하다. 어린 소녀의 고운 손길과 농부의 거친 손이 모두 필요하다. 일상의 노동은 우리의 손뿐만 아니라 마음의 표피도 강하게 만든다. 세상에 대한 익숙함을 잘 관리하여 우리의 감수성을 잃지 않도록 해야 한다. 경험은 우리의 순수함을 빼앗고, 지혜는 우리에게서 무지를 빼앗는다. 세상의 길을 배우지 말고 세상 속을 걸어가라.

내 여름 생활의 몇 주 아니 몇 달은 옅은 안개나 연기처럼 흘러간다. 그러던 중 어느 따뜻한 아침 우연히 시냇물을 따라 늪으로 날아가는 얇은 안개와 그 그림자가 들판을 가로지르는 것을 보게 되면, 들판의 새로운 의미를 발견하게 될 것이다. 그렇게 되면 안개가 땅 위로 올라가듯 다음 몇 주도 평면 위로 올라가게 될 것이다. 또는 석양이 목초지를 가로질러 기울고 소들이 나의 귀 아래까지 낮게 울면서 고요함을 더해 줄 때, 저녁은 새벽과 같이 끝이 아닌 시작을 알리는 시간처럼 느껴질 것이다. 마치 절대 끝나지 않을 것 같다는 생각이 들 것이다. 맑은 서양 호박이 사람들을 깨끗한 순결의 삶으로 이끌 것이다. 그러고 나면, 하루의 일과 중 다른 부분도 정오에 생각했던 것보다 더 빛날 것이다. 농부가 밭고랑 끝에 이르러 뒤를 돌아보고 눌린 땅이 어디에서 가장 빛을 발하는지 잘 알 듯, 내 노고의 진정한 의미를 발견할 수 있을 것이다.

모든 진정한 위대함은 밭고랑을 가는 쟁기처럼 평탄하며 겸손하다. 가장 친근한 옷을 입고 가장 친근한 언어를 사용한다. 그런 위대함은 거미줄, 이슬 자국, 서양고추나물과 좁쌀풀과 같은 것을 추구하고 자신의 안식처에서 평온히 머물러 있기 때문에 외부 세계에 대해서는 거의 모른다. 천국은 마음속 가장 깊은 곳에 있다. 선한 쟈는 멀리 갈 필요가 없다. 우리가 가는 길은 갈라지지 않고 끊어져 있지도 않다. 운명의 그물이 엮어지면서 점점 더 가운데로 가고 있다고 생각할 때 우리는 큰 위안을 얻을 수 있다. 심지어 우리의 운명은 사회적 관계에서 이루어진다. 나는 인간성을 대신할 수 있는 지혜는 없다고 생각하며, 중세 영국의 시인 초서*가 말하는 사랑이 밀턴**이나 에드먼즈의 시와 가장 운율이 잘 맞고 오래 울린다는 것을 알았다. 나도 신처럼 고요할 수 있기를 바란다. 이때 우리는 메뚜기가 우단담배풀 위에서 노래하는 가장 고요한 여름 나절을 떠올릴 수 있으며 그 시간에는 어떤 운명의 어려움도 웃어넘길 수 있는 갑옷을 입고 있는 것 같다. 귀뚜라미의 울음소리나 비둘기의 지저귐이 들리는 자연으로 나가야 한다. 이 세상의 소리는 하프의 음색이 높아져 부풀어 오르는 것처럼 한 계절 동안만 있다가 사라진다. 죽음은 폭발하는 자연의 음악에서 쉼표일 뿐이다. 숲이여, 나도 그대처럼 깨끗해지고 싶다. 그대처럼 순수해질 때까지 쉬지 않고 노력할 것이다. 나는 조

✳ 제프리 초서Geoffrey Chaucer(1343~1400)는 중세 영국 최대의 시인이며 근대 영시의 창시자로 '영시의 아버지'라 불린다.

✳✳ 존 밀턴John Milton은 『실낙원』의 저자로, 셰익스피어에 버금가는 인물로 추앙받는 영국의 시인이다.

만간 티끌 없는 순결에 도달할 것임을 알고 있다. 그때를 생각하면 벌써 전율이 느껴진다.

우리가 진정으로 지혜롭다면 어떤 덕목 덕분에 행복한지를 알아야 한다. 그것이 무엇이든 우리는 행복을 얻기 위해 어떤 대가를 치렀다는 사실을 의심하지 않아야 한다.

자연에서 일어나는 모든 움직임은 분명히 신이 의도한 것임이 틀림없다. 그렇지 않으면 흘러가는 돛, 흐르는 시냇물, 흔들리는 나무, 떠도는 바람, 이들의 무한한 건강함과 자유로움이 어디에서 왔겠는가? 신이 우리를 위해 지은 이 정원에서 느긋하게 놀고 장난치는 것만큼 합당하고 거룩한 게 또 있을까? 이런 생각을 하면 죄를 짓고 싶은 마음이 생기지 않는다. 아, 사람들이 이를 느낀다면 대리석이나 다이아몬드로 성전을 짓지 않을 것이다. 이 천국 같은 자연에서 영원히 즐기고 놀아야 한다. 그렇게 하지 않는 것이 신성 모독인 동시에 불경이라는 사실을 알아야 한다.

아무리 추운 날에도 자연은 계속해서 생명력을 유지할 거다.

인간의 역사에서 단 한 가지 특징, 한 시대에 일어난 작은 사건만 다룬다면 독자는 너무나 흥미 없어 하겠지만, 누군가 기적을 행했다면 그는 거의 신적인 존재로 추앙받을 것이다. 누가 무엇을 하는지는 아무도 알지 못한다. 어떤 운 좋은 연설가가 추측이 아닌 자신의 경험을 말한다면 우리는 아홉 뮤즈*와 세 가지 은총이 그를 도왔으리라 생각한다. 나는 초서에 이르러서야 비로소 나를 뻗을 수 있고, '나도 저 사람의 지인이 될 수 있을 것 같다'

라고 생각했다. 나 역시 그처럼 낮고 외딴 길을 걸었고 쉽게 살지 않았기 때문이다. 하지만 초서가 불명예스러운 복종을 했다는 말을 들었을 때 비통함이 느껴졌다.

* 　　시가·음악·무용·역사 따위의 예술·학문을 관장하는 여신이다.

왜 나는 숲에 불을 질렀을까?

1850년 죄책감

. . . .

6월 3일 불태우기

나는 예전에 숲을 태운 적이 있다. 4월의 어느 날이었다. 한 친구와 함께 보트를 타고 콩코드강의 발원지로 가서 밤이 되면 강둑에서 야영을 하거나 근처에 있는 여관이나 농가에서 하룻밤을 보낼 작정이었다. 우리는 인디언처럼 강에서 식량을 조달하기 위해 낚시 도구를 챙겼다. 깜빡 잊고 성냥을 가져오지 않았기 때문에 강 근처 구두 수선집에서 성냥 한 통을 얻었다. 이른 봄이었지만 비가 많이 내리지 않아 강물은 수위가 낮았고, 그 덕분에 저녁 식사로 먹을 물고기를 넉넉히 잡을 수 있었다. 우리는 마을을 떠나 페어헤이븐 호숫가에서 물고기 요리를 하기로 했다. 그날따라 땅이 바싹 말라 있었다. 숲에서 어느 정도 떨어진 호수 동쪽 언덕, 햇볕이 잘 드는 구석진 곳에 있는 그루터기 근처에서 불을 붙였는데, 갑자기 불이 번지면서 작년 내내 자란 마른풀에 옮겨 붙었다. 처음에는 손으로 불을 꺼보려고 이리저리 뛰어다녔다. 그러다가 배에서 판자를 가져와 불과 싸웠지만, 불과 몇 분 만에 손쓸 수 없을 정도로 불이 커졌다. 언덕 가에서 난 불은 덤불 더미와 마른풀을 타고 빠르게 위로 퍼져 나갔다.

"이런, 도대체 어디까지 번질 거지?" 친구가 걱정스레 물었다. 불은 웰메도우브룩 쪽으로 갈 수도 있지만, 마을을 향해 갈 것 같았다. 나는 "마을까지 번질 것 같아."라고 말했다. 친구는 배를 타고 강 아래로 내려갔고, 나는 사람들에게 상황을 알리기 위해 숲을 헤치고 마을로 향해 달려갔다. 불이 이미 온 사방으로 번져서 걷잡을 수 없는 상황이 되었고 계속해서 나무에 옮겨붙었다. 우리가 낳은 이 악마를 통제할 수 없다고 느꼈다. 전에도 숲에서 불을 피우다가 여러 차례 풀숲을 태워 먹은 적은 있지만, 이렇게 크게 불을 낸 적은 없었다.

숲을 지나 마을을 향해 달려가면서 뒤를 보니, 숲 너머 어디에서 불이 타고 있고 불길이 어디로 번질지 예측할 수 있었다. 가는 길에 처음으로 소를 끌고 가고 있는 농부를 만났는데, 그는 불이 난 원인을 내게 물었다. 내가 설명하자 "그렇군요. 그런데 나와는 관계없는 일이에요."라고 말하며 소를 몰고 가 버렸다. 다음으로 만난 사람은 그 근방에 있는 밭 주인이었고 그와 함께 불이 난 쪽을 향해 달려갔다. 나는 총 2마일(약 3.2킬로미터) 정도를 쉬지 않고 달렸다. 마침내 불이 있는 근처에 도착하자 목재를 깎던 목수 한 명이 불이 난 것을 보고 도끼를 들고 도망치고 있었다. 밭 주인은 사람들에게 도움을 청하기 위해 마을로 되돌아갔다. 하지만 뛰느라 지친 나는 그 자리에 남았다. 엄청나게 큰 화염 앞에서 나 혼자 무엇을 할 수 있겠는가?

　나는 숲 사이를 지나 천천히 페어헤이븐 절벽으로 가서 가장 높은 바위 위에 앉았다. 거기서 불길의 진행 방향을 관찰했다. 불이 붙은 지점에서 내가 있는 방향으로 1마일(약 1.6킬로미터) 정도 빠르게 다가오고 있다는 것을 알았다. 그때 멀리서 불이 났다는 걸 알리는 종소리가 들렸고, 마을 사람들이 이곳으로 달려오고 있는 게 보였다. 큰 죄를 지은 것 같았고, 부끄러움과 후회만 남았다. 하지만 나는 이 문제를 간단히 해결했다. 나 자신에게 이렇게 말했다. "이 숲의 주인이라는 이 사람들은 누구이며 나는 그들과 어떤 관련이 있지? 내가 숲에 불을 지른 건 맞지만, 딱히 죄를 지은 건 없다. 번개 때문에 불이 날 수도 있지 않은가? 이 불은 자연의 먹이를 먹어 치우고 있을 뿐이다." (그날 이후로 지금까지 번개에 의한 것 이상이라고 생각하지 않는다. 하지만 걸리는 게 하나 있는데, 바로 낚시를 했다는 사실이다. 그것은 지금도 나를 힘들게 한다.) 그렇게 마음을 추스르고 서서히 다가오는 불꽃을 바라보았다. 그야말로 장관이었다. 오직 나만이 그 장관을 즐길 수 있었다. 불은 절벽 아래까지 도달한 다음 그 옆으로 치솟았다. 다람쥐들이 허둥지둥 도망쳤고 비둘기 세 마리가 연기 속으로 뛰어들었다. 마치 화약이라도 터진 것처럼 불꽃은 소나무 꼭대기까지 번쩍거렸다.

나도 곧 불길에 휩싸일 것 같은 생각이 들었기에 뒤로 물러나 마을에서 이곳에 막 도착한 주민 대열에 합류했다. 우리는 몇 시간 동안 괭이와 삽으로 고랑을 만들어 불이 번지는 걸 막을 수 있었다. 그 와중에 자기 일이 아니라며 외면했던 농부가 이미 불이 붙은 자신의 나무 꾸러미를 구하려고 애썼지만, 결국 모두 불타 버렸다.

그 불로 인해 100에이커(약 12만 평)가 넘는 숲이 불탔고, 많은 어린 나무들이 재가 되었다. 마을 사람들과 함께 집으로 돌아왔을 때, 나는 사람들이 불을 지른 이에게 책임을 물을 줄 알았다. 하지만 그들은 숲 소유주들을 동정하지 않았다. 오히려 아주 신나 하면서 자신들에게 재미있는 광경을 선사해 준 것에 고마워했다. 소위 숲 소유주라는 사람 여섯 명 중 일부만 안타까워하거나 마음 아파하는 것처럼 보였다. 오히려 이들보다 내가 숲에 더 깊은 관심이 있는 것 같았다. 내가 숲을 더 잘 알고 있으며 상실감을 더 많이 느끼고 있다고 생각했다. 그렇다면 숲 주인 몇 명만 나무를 잃은 슬픔을 느끼고 나머지 마을 사람들은 왜 아무렇지도 않은 걸까? 여섯 명의 주인 중 몇 사람은 상실감을 묵묵히 견뎌냈지만, 다른 몇 사람은 내 뒤에서 '저주받을 놈'이라고 비난했고, 늙은 수탉처럼 떠들어 대던 수다쟁이 몇 명은 한동안 안전한 곳에서 '불타버린 숲'에 대해 떠들어 대며 이 일을 상기시켰다.

나는 마을 사람 누구에게도 할 말이 없다. 마치 기관차가 지나간 것처럼 넓은 지역이 불타 버렸고, 그로 인해 이전에 일어난 불의 기억은 희미해졌다. 이 화재에서 교훈을 얻은 후 나는 이 시대에 오랫동안 성냥과 불쏘시개가 존재했는데 세상이 불타지 않은 점이 놀랍게 느껴졌다. 집마다 화로가 있는데 왜 불에 타지 않았을까? 불길이 내가 깨웠을 때처럼 배고프지 않아서일까? 내 잘못이 있었지만, 나는 마을 사람들과 숲의 주인들에 대한 미안함은 잠시 접어 두고 현재 상황을 주시하면서 최대한 활용해 보기로 마음먹었다. 이 불이 나의 사소한 실수 때문에 발생했다고 생각하니, 약간의 부끄러움이 느껴졌다. 그 당시 내가 마을 사람들보다 특별히 더 의미 있는 일을 하고 있었다고는 말할 수 없다.

그날 밤 나는 혼자 숲속을 돌아다녔다. 한밤중이 되었는데도 검게 타버린 잿더미 속에서 그루터기 몇 개가 계속 불타고 있었다. 불이 난 곳에 가 보니 까맣게 탄 생선들이 풀 위에 여기저기 흩어져 있었다.

초여름이었지만 날은 선선했다. 리즈 힐에서 바라본 초원의 전경은 너무나 장엄했다. 이런 날에는 나무의 그림자가 매우 선명하고 싱싱한 풀밭에 무겁게 떨어지는 것을 볼 수 있다. 늦은 오후가 되면 나무의 그림자가 나무만큼이나 또렷해 보인다. 우리는 풍경 속 사물의 뚜렷한 그림자는 크게 중요하게 생각하지 않는다.

이제 볼품없고 흉물스러운 것들은 물에 잠겼다. 줄기도 뿌리도 없는 신록이 가슴에서 바로 솟아나는 것 같다. 초원은 빛을 반사하는 수많은 거울과 같이 눈부시게 밝은 석양을 향해 빛나고 있었다.

나는 오늘 오후 서드베리에 있는 굿맨스 힐을 방문했다. 링컨을 지나 셔먼스 브리지와 라운드 힐을 거쳐 코너를 통해 돌아왔다. 굿맨스 힐은 어느 언덕보다 훨씬 더 멋진 콩코드강 초원의 전경을 제공한다. 지평선은 늘 광활하지만, 산 정상을 치워 서쪽 시야가 확보되면 카운티의 어떤 언덕보다도 넓은 지평선을 볼 수 있다. 가장 인상적인 건 강 계곡에 솟아오른 언덕 꼭대기에서 보이는 지평선이다. 낮은 언덕에서의 전망도 장엄하게 느껴진다. 언덕에서 보이는 경관은 마치 수평선 가장자리까지 솟아오른 하나의 광활한 원형 극장을 연상케 한다. 링컨 마을이 언덕 사이 높은 곳에 누워 있는 듯한 모습을 하고 있다. 이 지역에서 가장 높은 곳에 있는 마을이라는 것을 알 수 있다. 그곳에 흐르는 강은 허드슨강만큼 커 보인다. 예컨대, 콩코드나 랭커스터 같은 자연 중심지처럼 강 주변에 위치한 마을이 매우 아름답고 매력적이라고 생각된다. 다시 말해, 콩코드와 내슈아 사이에 있는 볼턴 언덕에서 복숭아가 번성하는 것을 보았다. 놉스콧도 굿맨스 힐의 서쪽에서 보면 역시 상당히 인상적이다. 이 언덕의 서쪽에는 워즈워스 장군이 싸운 전쟁터가 있다.

집으로 돌아올 때 서드베리에서 헛간 처마 밑에 스물다섯 개의 제비 둥지가 있는 것을 보았다. 짹짹거리는 제비들은 유난히 사교적이고 수다스러운 이웃처럼 보였다. 나란히 이어져 있는 둥지는 큰 말벌의 집처럼 보였는데, 인간과 잘 연계되어 있다는 것을 보여 주었다. 제비들의 활동성, 사교성, 수다스러움은 인간의 여름철 동반자이자 이웃으로, 축사 마당에 잘 어울린다.

5월 말과 6월 초에는 농부들이 곳곳에서 옥수수, 콩, 감자를 심는다.

11월 24일 베어 힐에서 미나리아재비*를 심다

내가 가끔 찾는 친구들이 몇 명 있는데, 그들과 헤어질 때 씁쓸함과 달콤함을 동시에 느낀다. 사랑하는 감정과 미워하는 감정이 한 데 섞이고 얽혀 있어서 우리는 만나지 않은 것보다 만남으로써 더 슬퍼하고 실망하며 소원해진다. 내가 주로 만나는 사람 중 몇 명은 단순한 지인이지만, 내가 친구로서 이상적으로 생각하고 그에 대해 꿈꾸며 친하게 어울려 지낸 사람은 결코 단순한 지인이라고 할 수 없다. 그보다 더 높은 수준에서 그를 알아야 하며 그렇지 않으면 차라리 모르는 편이 낫다. 우리는 말하지 않아도 서로를 이해할 수 있을 정도로 친하기 때문에 스스로 인정하거나 설명을 늘어놓을 필요가 없다. 친구는 마음이 넓어야 한다. 우리가 확장하고 숨을 쉴 수 있는 우주와 같은 존재여야 한다. 대

---

* 　작은 컵 모양의 노란색 꽃이 피는 야생 식물이다.

체로 우리는 상대에게 억눌려 있고 숨 막히는 느낌을 받는다. 나는 친구를 만나면 감정을 시험해 본다. 만약 감정이 맞지 않고 서로를 밀어낸다면 함께 있어 봤자 소용이 없다.

내 나이 서른넷, 내 인생은 아직 피지 않았다

1851년 느린 시간

7월 18일 테스트

인간의 젊음에 영향을 미치는 것이 무엇인지 알아보기 위한 질문이다. 당신은 아침에 대해 얼마나 알고 있는가? 당신은 자연의 계절에 공감하는가? 일찍 일어나서 밖에 나가 이슬을 맞는가? 만약 잠자는 사이에 해가 떠오르고, 아침 닭의 울음소리를 듣지 못하고, 오로라의 홍조를 보지 못하고, 아침 별인 금성을 알아보지 못한다면 지혜와 순수함은 당신에게 찾아오지 않을 것이다. 당신은 이미 젊은 날에 자신의 창조주를 잊어버렸다. 당신의 창문은 정오까지 어두워졌다! 당신은 머리가 아픈 상태로 깬 것이다! 아침에는 새들처럼 노래하라. 해가 높이 뜰 때까지 둥지에서 잠을 자는 새는 도대체 어떤 새인가? 박쥐인가 부엉이인가? 참새나 종달새와 같은 새들이 노래하기 전에 차나 따뜻한 커피를 마셔라.

나는 7월 16일 나의 목록에 가시 아랄리아*, 리시마키아** 직립형 리시마키아***, 또한 둥근 말단 레이스가 있는 리시마키아, 등갈퀴나물****을 추가할 수 있었다. 지금은 초록의 버드나무도 추가했다.

나는 처음으로 한낮의 더위 속에서, 소나무 숲 옆에서 메뚜기의 건조하고 날카로운 노랫소리를 들었다.

7월 19일 관념

이제 내 나이 서른넷이지만, 내 인생은 아직 피지 않았다. 인생의 씨앗 속에 얼마나 많은 것이 들어 있는가! 아직 태어나지 않았다고 말할 수 있을 정도로 내 이상과 현실 사이에는 엄청난 괴리가 있다. 사회적 본능은 있지만 정작 사회성은 없다. 내 인생은 성공을 이루기에는 너무 짧다. 앞으로 서른네 해가 더 지나도 기적은 일어나기 어려울 것이다. 나의 계절은 자연의 계절보다 더

---

* 작은 나무나 관목 형태로 자라며 표면에 가시나 털이 많다.
** 주로 습지나 물가에서 자라는 여러해살이풀로 잎의 형태가 하트 모양인 것이 특징이다.
*** 수직의 꽃차례를 가지고 있으며 습지 환경에서 생태적으로 중요한 역할을 한다.
**** 여러해살이 덩굴 식물로 한줄기에 꽃들이 주렁주렁 달린 콩과 식물이며 약초로 쓰인다.

느리게 돌아가는 것 같다. 내 시계는 다르게 간다. 그러나 나는 만족한다. 자연의 빠른 변화, 심지어 내 안의 자연조차 왜 나를 재촉하는지 모르겠다.

내게 들리는 음악에 맞춰 발걸음을 옮기고 싶다. 나는 사과나무처럼 빨리 무르익어야 하는가? 아니면 떡갈나무만큼 빠르게 자라야 하는가? 자연 속 나의 삶은 초자연적인 것에 비하면 단지 봄이나 유아기에 불과하지 않은가? 나의 봄을 여름으로 꼭 바꿔야 하는가? 눈앞의 성급하고 사소한 완성을 위해 미래의 더 나은 완성을 희생해야 하는가? 내 곡선이 크다고 구부려서 작은 원을 만들 이유가 있는가?

내 영혼의 전개는 자연의 속도를 따르지 않는다. 내가 도달하려는 사회는 아직 만들어지지 않았다. 그렇다고 미래에 대한 기대를 이 초라한 현실로 바꾸는 게 맞는가? 나는 이러한 현실보다는 막연한 미래에 기대를 걸고 싶다. 인생이 기다림이라면 그렇게 하겠다. 헛된 현실에 좌초되지 않겠다. 내가 대체할 수 있는 현실이란 무엇일까? 내가 애써 파란색 유리로 천국을 세우더라도 그 일이 끝나면 나는 마치 아무 일 없었던 것처럼 또다시 진정한 천국, 저 먼 곳에 있는 천국을 바라볼 것이다. 나는 푸른 눈을 가진 천국의 아치에 이미 매료되었기 때문이다.

내가 더 많은 공감을 이끌어 내기 위해 이러는 게 아니다. 내가 특별하거나 마음의 병이 있어서도 아니다. 요구하신 분이 나의 요구에 응답하실 것이다.

내 피는 내가 태어난 머스켓키드의 물결처럼 느리게 흐르지만, 어쩌면 내슈아보다 더 빨리 바다에 도달할지 모른다.

미역취가 이미 싹을 틔웠지만 서두를 필요는 없다.

8월 22일 소설가 드 퀸시

영국의 소설가 드 퀸시가 런던을 처음 보고 쓴 글을 보면 알 수 있듯이 훌륭한 작가들의 단점은 너무 자세하고 풍부하게 자신을 표현한다는 것이다. 그들은 자신의 정신, 육체적 감각을 충실하고 자연스럽게 그리고 생생하게 묘사하지만, 절제와 간결한 표현이 부족하다. 말더듬이처럼 비효율적인 진지함과 의미의 유보로 우리에게 큰 영향을 주지 못하고 자신이 하고 싶은 말만 한다. 그들이 구사하는 문장은 함축적이지 않고 견실하지 않다.

말보다 훨씬 더 많은 것을 암시하는 문장, 분위기가 있는 문장, 단순히 오래된 것을 그대로 말하는 것이 아니라 새로운 인상을 주는 문장, 로마의 수로처럼 많은 것을 암시하면서도 오랫동안 기억에 남는 문장, 그런 문장을 사용하는 것이 진정한 글쓰기다. 많은 책과 많은 삶이 투영된 값진 문장, 페이지 위아래 또는 여기저기 바위처럼 굳건한 문장, 단순한 반복이 아니라 다른 문장의 씨앗을 담고 있는 문장, 사람이 자신의 땅과 성을 팔아서라도 만들고 싶은 문장 말이다.

드 퀸시가 쓴 글을 한 문장에 담았더라면 그의 글은 훨씬 더 훌륭했을 것이다. 그런 문체는 어디 한 군데 꼬이지 않고 단단하며 의미 있는 무언가로 매듭지어져 있어서 다이아몬드처럼 완전히 소화하지 않고도 삼킬 수 있다.

"인간은 부당한 법에 불복종할 권리가 있다."

— 마틴 루터 킹

소로는 사람을 부당하게 잡아 가두는 정부 밑에서,
정의로운 사람이 있어야 할 곳은 감옥이라고 말했다.
권력층의 지배가 도덕적 정당상을 결여했을 때,
시민은 양심에 따라 원칙을 위반할 권리를 가진다.

3부

원칙 없는 삶

당신의 가치

⋮

    얼마 전, 한 강연회에 참석했다. 하지만 강사가 자신에게도 생소한 주제를 선택한 탓인지, 나는 강연에 집중할 수 없었다. 그는 자신이 마음속 깊이 생각하고 있거나 친숙한 게 아닌, 그저 겉으로 드러난 피상적인 부분만을 설명했다. 그의 강연에는 핵심도, 중심을 이루는 생각도 없었다. 시인들처럼 자신의 가장 개인적인 경험을 진솔하게 이야기하면 좋았을 거라는 생각이 들었다.

    지금까지 내가 받은 가장 큰 찬사는 누군가가 내 생각을 묻고 내 대답에 귀를 기울여 주는 때였다. 그럴 때면 기분이 좋을 뿐만 아니라 놀랍기까지 하다. 안타깝게도 이런 경우는 극히 드물지만, 상대방이 '나'라는 진기한 도구를 능숙하게 사용할 줄 아는 사람이라는 생각이 든다. 내가 측량사이기 때문인지 사람들은 자신의 땅이 몇 에이커나 되는지 그리고 기껏해야 내가 알고 있는 사소한 정보에만 관심을 보인다. 그들은 나의 알맹이에는 관심이 없고 껍데기만 보려고 한다.

한번은 어떤 사람이 멀리서 찾아와 강연을 요청한 적이 있다. 주제는 노예 제도였다. 그런데 대화를 나누고 보니, 그와 그의 동료들은 강연의 90퍼센트를 자신들의 이야기로 채우고 나머지 10퍼센트 정도만 나의 이야기로 꾸며주기를 원했다. 나는 그의 요청을 거절했다. 이런 일에 어느 정도 경험이 있는 내가 볼 때, 어떤 강연이든 사람들은 내 생각을 듣고 싶어 한다. 내가 이 나라 최고의 바보라 할지라도 청중은 자신이 수긍하거나 듣기 좋은 말만 해 주기를 바라지 않을 것이다. 그래서 나는 사람들에게 나 자신을 강하게 피력하기로 마음먹었다. 청중이 대가를 지불하고 나를 찾아왔으니, 나는 그들에게 내 이야기를 해 주어야 한다고 생각한다. 내가 아무리 그들을 지루하게 만들지라도 말이다.

이제부터 이 책을 읽는 독자들에게도 비슷한 이야기를 하고자 한다. 나는 여행을 많이 다니는 사람이 아니기 때문에 아주 멀리 떨어져 있는 사람들의 이야기를 하기보다는 가능한 한 가까이 있는 사람들의 이야기를 하는 게 좋을 듯하다. 지면이 한정되어 있기 때문에 입에 발린 말은 그만두고 비판적인 부분에 대해서만 말하겠다.

우선, 우리가 삶을 사는 방식을 한번 생각해 보자.

이 세상은 거대한 일터다. 사람들은 정말 부산하게 움직인다!

나는 거의 매일 밤 기관차 달리는 소리에 잠에서 깬다. 그 소리 때문에 꿈도 제대로 꾸지 못한다. 제대로 쉰 적도 없다. 사람들이 편안하게 휴식을 취하는 모습을 한 번이라도 보고 싶다. 일, 일, 오로지 일밖에 모른다. 생각을 적고 싶어도 그럴 만한 공책을 찾기가 쉽지 않다. 공책에는 대부분 지폐나 동전의 액수를 적기 쉽도록 줄이 그어져 있기 때문이다.

한 아일랜드인은 내가 밭에서 메모하는 걸 보고 인부들에게 줄 임금을 계산하고 있는 것으로 오해했다고 한다. 어렸을 때 창문 밖으로 던져져 평생 불구가 되었거나 인디언에 놀라 정신이 나간 사람이 있으면 주변 사람들은 그가 일을 하지 못하게 되었기 때문에 안타까워한다. 나는 이런 현상이 심지어 범죄보다도 더 시, 철학 그리고 우리의 삶과 상반되는 것이라고 생각한다.

내가 사는 마을 외곽에는 돈만 밝히고 안하무인인 인간이 하나 살고 있다. 이 작자는 자기 소유의 목초지 경계를 표시하려고 언덕 아래에 담벼락을 쌓으려고 했다. 자기 재산밖에 관심이 없는 탓에 그런 생각을 하게 된 것 같다. 그는 내게 3주 동안 그곳 땅을 함께 파자고 제안했다. 그렇게 되면 그자는 더 많은 돈을 벌고, 자식들에게 흥청망청 쓰면서 살 수 있는 돈을 남겨줄 거다. 내가 그의 요구를 수락하면 나는 부지런하고 근면한 사람이라는 칭찬을 들을 것이다. 반면 비록 돈은 적지만 실질적으로 나에게 진정한 이익이 되는 일에 전념하기로 한다면 게으른 인간으로 취급받을 것이다. 그렇다고 나는 무의미한 노동의 수호자가 될 생각이 추호도 없다. 그가 하는 일이 미국 정부나 다른 주 정부가 추진하는 일보다 더 칭송받을 만한 것이 아니기 때문이다. 그런 무의미한 일이 그자나 많은 사람에게 기쁨을 줄지도 모르지만 나는 내가 배운 원칙대로 살기를 고집한다.

만약 어떤 사람이 숲을 사랑해서 하루의 절반을 숲에서 보낸다면 아주 한가하고 태평한 사람으로 취급받을 수 있다. 하지만 투기꾼처럼 하루 종일 숲을 깎아 황무지로 만든다면 그는 근면하고 진취적인 시민으로 존경받는다. 마치 숲에는 관심이 없고 나무를 베는 데만 관심이 있는 마을 사람들처럼!

돌을 벽에 던지고 다시 주워서 벽에 또다시 던지는 일에 돈을 주겠다는 제안을 받는다면, 사람들은 대부분 모멸감을 느낄 것이다. 하지만 현재 이보다 더 가치 있는 일을 하는 사람이 얼마나 있겠는가! 한 가지 예를 들어 보자. 어느 여름날 이른 아침, 이웃에 사는 한 사람이 가축을 몰고 가고 있는 모습을 보았다. 소들이 힘겹게 끌고 가는 수레의 굴대 아래에는 깎인 돌들이 매달려 있었다. 그는 일에 푹 빠져 있었고 하루의 일과를 이렇게 시작했다. 한가하고 게으른 자들을 꾸짖듯 그의 이마에는 땀방울이 점점 더 많이 맺혀갔다. 소와 나란히 걷다가 그가 반쯤 돌아서서 채찍질을 하자, 소는 힘을 내어 앞서갔다. 미국 의회가 보호해야 하는 노동이 바로 이런 거 아닐까? 정직하고 인간다운 노동, 하루 내내 이어지는 정직한 노동, 빵 맛을 맛있게 하고 사회를 잘 돌아가게 만드는 노동, 모든 이가 존중하고 신성시하는 노동, 고되지만 누군가가 꼭 해야 하는 노동 말이다. 창밖으로 이 광경을 지켜본 나는 집에 틀어박혀 있으면서 그와 같은 노동을 하지 않은 것에 약간의 수치심을 느꼈다.

낮이 지나고 저녁이 되어 나는 많은 하인을 거느리고 있는 다른 이웃의 뜰을 지나가게 되었다. 집주인은 자신을 위해서는 돈을 펑펑 쓰면서도 공공에 이익이 되는 일에는 매우 인색한 사람이었다. 그런데 그의 뜰에 아침에 보았던 돌이 기묘한 구조물 옆에 놓여 있었다. 그 돌은 집주인인 티모시 덱스터 경의 저택을 장식하기 위한 것이었다. 그 순간 내 마음에서는 짐꾼의 노동에 대한 존엄성이 사라졌다. 태양이 이 세상을 비추는 이유는 이보다는 더 가치 있는 노동을 하게 함이 아니었나? 한 마디 덧붙이자면, 얼마 후 그 사람을 고용한 자는 마을 사람들에게 엄청난 돈을 빚지고 도주했다가 붙잡혀 기소되었지만 교묘하게 법망을 빠져나갔다. 그리고 현재는 다른 곳에 정착하여 예술 작품 후원자 행세를 하고 다닌다고 한다.

생계유지

· · · · · · · · · · · ·

　사람들은 대부분 잘못된 방식으로 돈을 번다. 단순히 돈을 벌기 위해 일을 하는 건 아주 게으르거나 나쁜 상황에 있다는 의미다. 노동자가 단지 고용주가 지급하는 임금만 받는다면 그는 속고 있는 동시에 자신을 속이고 있는 것이다. 작가나 강연자로 돈을 벌려면 인기가 있어야 하는데, 이것은 나락으로 떨어지는 지름길이다. 지역 사회에서 기꺼이 돈을 지불하는 일들은 주로 사람들이 일하기를 꺼리는 것들이다. 그런 일을 하는 사람은 인간보다 못한 존재가 되는 대가로 돈을 받는다. 일반적으로 주 정부는 천재에게 합당한 보상을 하지 않는다. 계관 시인조차도 와인을 받지 않으면 왕족의 경사를 노래하려 하지 않고, 와인의 양을 재다가 시상으로부터 멀어지는 시인도 있다.

내가 하는 일인 측량에 관해 말하자면 나는 누구보다 정확하게 측량할 수 있지만, 고용주들은 그런 것을 바라지 않는다. 그들은 내가 일을 너무 잘하지 말고, 대충 그들이 원하는 대로만 해주기를 원한다. 여러 가지 측량 방법을 제시해도 가장 정확한 방법이 아닌, 자기가 최대한 많은 땅을 가질 방법에만 관심이 있다. 한 번은 내가 나무 측량법을 고안하여 보스턴에 도입하라고 제안한 적이 있다. 그러나 측량사들은 나무들이 다리를 건너기 전에 찰스타운에서 이미 정확하게 측량되었으며, 그 지역 상인들은 나무가 정확하게 측정되는 것을 좋아하지 않는다고 했다.

노동자의 목표는 단순히 생계를 유지하거나 '좋은 직업'을 갖는 게 아니고, 특정한 일을 잘 수행하는 것이어야 한다. 금전적인 측면에서도 사회 공동체는 노동자에게 제대로 임금을 지불하는 게 경제적일 것이다. 그래야 노동자는 단지 생계를 위해 일한다는 저급한 목표가 아니라 과학적, 더 나아가 도덕적인 목적을 위해 일한다고 느낄 것이다. 돈을 위해 일하려고 하는 사람을 고용하지 말고 일을 사랑해서 하는 사람을 고용하라.

현재 자기가 하는 일에 만족하더라도 몇 푼의 돈이나 명성으로 현재의 일을 그만두는 사람들을 보면 놀라울 따름이다. 요즘 활기차고 적극적인 젊은이를 모집하는 광고가 눈에 띄는데, 마치 활동성이 젊은 사람이 가진 전부인 것처럼 보인다. 이제 갓 성인이 된 젊은이가 내게 다가와 자신이 착수할 사업에 참여하라고 제안했을 때 나는 깜짝 놀랐다. 그는 지금까지 살아온 내 인생이 완전히 실패했고, 현재도 할 수 있는 일이 아무것도 없는 사람 취급을 했다. 이 얼마나 의심스러운 제안인가! 망망대해에서 비바람을 맞으며 갈 곳도 모른 채 항해하다가 바다 한가운데서 나를 만나 함께 가자고 권하는 것과 다를 게 없다. 내가 그의 제안을 받아들인다면 해상 보험업자들은 과연 뭐라고 하겠는가? 아니다, 절대 아니다! 내가 할 일이 없는 것이 아니다. 사실 어렸을 때 나는 모집 광고를 보고 선원이 되는 꿈을 꾸었고, 성인이 되자마자 이미 인생이라는 배에 올랐다.

이 사회에는 현명한 사람을 유혹할 만한 미끼가 없다. 산을 뚫을 만큼 돈을 모을 수는 있어도, 자기 일에 충실한 사람을 고용할 돈은 없다. 능력과 가치가 있는 사람은 사회가 돈을 지불하든 안 하든 자신이 할 수 있는 일을 한다. 반면, 능력 없는 사람은 가장 많은 돈을 주는 사람에게 자신의 무능함을 팔아 버리고 언제까지고 그 자리에 안주하기를 바란다. 그들은 실망하는 일 없이 인생을 살 수 있으리라 생각한다.

나는 나의 자유에 대해 남들보다 더 많이 애착하는 깃 같다. 사회와의 관계와 의무는 여전히 아주 미약하고 의미가 없다고 생각한다. 대단한 일은 아니지만, 생계를 유지하고 이 시대를 함께 사는 사람들에게 어느 정도 봉사한다고 생각하게 해 주는 사소한 일은 아직 내게 큰 즐거움을 준다. 하지만 꼭 필요한 거라고는 생각하지 않는다. 나는 지금까지 잘 살아왔다. 하지만 앞으로 내 욕구가 훨씬 더 커져서 그것을 충족시키려고 한다면 나의 노동은 고역이 될 것이다. 대부분의 사람이 그렇듯, 나의 오전과 오후를 모두 사회에 팔아야 한다면 나에게 살 만한 가치가 있는 건 분명히 하나도 남지 않을 것이다. 한 그릇의 죽을 먹기 위해, 태어날 때부터 내가 가지고 있던 권리를 파는 일은 절대 없을 것이다.

아무리 부지런해도 시간을 효율적으로 쓰지 못하면 소용없다. 단지 생계를 유지하기 위해 인생의 대부분을 소비하는 사람보다 더 어리석은 사람은 없다. 진정으로 위대한 정신은 외부의 도움이나 지원 없이 자립적이어야 한다. 예를 들어, 시인은 자신의 시로 자기 몸을 유지해야 한다. 증기 목공소에서 작업 중에 나오는 톱밥으로 보일러 연료를 공급하는 것과 같은 이치다. 그러나 상인 백 명 중 아흔일곱 명이 실패한다는 말이 있듯이, 이 기준으로 보면 대다수 사람의 삶은 실패이며 파산은 쉽게 예견될 수 있다.

태어날 때부터 재산을 물려받은 자가 있다면 그는 세상에 태어나는 것이 아니라 정신·도덕적으로 죽은 채 세상에 나오는 것과 마찬가지다. 친지의 도움이나 정부의 연금에 의지하며 사는 건 아무리 멋진 표현을 가져다 붙여도 빈민 구호소에 들어가는 것에 불과하다. 빚에 쪼들려 사는 사람은 일요일마다 교회에 가서 자신의 재정 상태를 살펴보고, 당연히 수입보다 지출이 더 많다는 걸 알게 될 것이다. 특히 가톨릭교회에서는 형평법 법정 Chancery에 가서 깨끗하게 자신의 모든 죄를 고백하고 다시 시작하겠다고 다짐한다. 그런 다음, 바닥에 등을 대고 누운 채 인간의 타락에 관해서만 이야기하고 일어날 생각은 하지도 않는다.

인간이 살면서 갖게 되는 중요한 욕구에는 두 가지가 있는데, 이 둘은 아주 상반적이다. 첫 번째 욕구를 가진 사람은 평범한 성공에 만족하며, 목표로 하는 모든 표적을 정조준해서 맞출 수 있다. 두 번째 욕구를 가진 사람은 아무리 자신의 삶이 낮은 위치에 있고 실패할 가능성이 있더라도, 현재보다 상향된 목표를 향해 끊임없이 노력한다. 동양에 이런 격언이 있다. "아래를 내려다보는 자에게는 위대함이 찾아오지 않고, 높은 곳을 바라보는 자는 빈곤해진다." 이 중 하나를 선택하라면, 나는 후자를 택하겠다.

놀랍게도 생계유지에 대한 글 중 기억할 만한 것은 거의 혹은 전혀 없다. 이는 생계를 유지하는 게 의무적이거나 존경받을 만한 행위 그 이상으로 신성하고 명예로운 행위라고 생각하는 사람이 거의 없다는 의미다. 생계를 유지하는 일이 신성하고 명예롭지 않다면 우리의 삶 자체도 그렇게 되는 것이다. 문학 작품을 보면 글쓴이가 생계 문제로 고독한 개인의 사색을 방해받는 것에 거부감을 느낀다는 걸 알 수 있다. 그런데 이는 자신이 경험한 혐오감 때문이 아닐까? 우주의 창조주가 가르치기 위해 그토록 애를 쓴 돈의 가치에 대한 교훈을 우리는 아예 못 본 척한다. 생활 수단에 관해서는 모든 계층의 사람들, 심지어 소위 개혁가조차도 상속하든, 벌든, 훔치든, 생계 수단에 대해 전혀 관심이 없는 걸 보면 놀라지 않을 수 없다. 이런 점에서 볼 때 사회가 우리를 위해 아무것도 해 준 것이 없거나 어떤 것을 베풀었어도 곧바로 철회했을 거라고 생각한다. 인간이 추위와 배고픔을 피하고자 채택하는 조언들보다 내게는 추위와 배고픔이 더 친근하게 느껴진다.

금을 캐는 어리석은 철학자들

....

    사람들은 '지혜롭다'는 말을 잘못 사용하는 것 같다. 다른 사람보다 잘 사는 방법을 모르는데 어떻게 지혜롭게 살 수 있겠는가? 단지 더 교활하고 지적으로 섬세하면 지혜로운 사람인가? 다람쥐 쳇바퀴같이 돌아가는 단조롭고 반복적인 일상에서도 지혜가 생겨날까? 아니면 자신을 본보기로 하여 성공하는 방법을 가르치겠는가? 인간의 삶에 적용하지 못하는 그런 지혜도 있는가? 지혜는 단지 최고의 논리를 갈아내는 방앗간 주인에 불과한가? 플라톤이 동시대 사람들보다 더 나은 방식으로 또는 더 성공적으로 생계를 유지했는지, 아니면 다른 사람들처럼 삶의 어려움에 굴복했는지 묻는 것이 더 적절할 것이다. 단지 무관심하거나 거만한 태도를 보이면서 어려움을 극복했는가? 아니면 그의 숙모로부터 물려받은 유산 덕분에 편하게 살았는가? 대부분의 사람이 생계를 유지하는 방식, 즉 살아가는 방식은 단순한 임시방편에 지나지 않으며 삶의 진정한 과제를 회피하는 것이다. 그렇게 하는 가장 큰 이유는 무지라고 할 수 있지만, 부분적으로는 더 나은 삶에 대한 의지가 없기 때문이다.

예를 들어, 캘리포니아의 골드러시와 관련하여 장사치뿐만 아니라 소위 철학자와 선각자라는 자들도 몰려들었는데, 수치스러운 일이 아닐 수 없다. 많은 사람이 사회에는 아무런 기여도 하지 않고 요행을 바라고 살면서 자신보다 운이 없는 사람들의 노동력을 착취한다. 이런 것을 사업이라고 부르다니 참 한심한 노릇이다. 나는 이런 사업을 하는 사람들이 생계를 유지하는 방식은 매우 부도덕하며 그 부도덕함이 극치에 이르렀다고 생각한다. 그런 인간들의 철학, 시와 종교는 말불버섯의 티끌보다도 가치가 없다. 흙을 휘저어 뿌리를 파먹으며 생계를 이어가는 돼지도 이러한 사업은 부끄러워할 것이다. 만약 내가 손가락 하나 까딱해서 온 세상의 부를 지배할 수 있다면 그런 자들에게는 약간의 대가도 허락하지 않을 것이다.

마호메트도 신이 이 세상을 장난삼아 만들지 않았다는 걸 알았다. 지금 인간의 행태를 보면 돈 많은 신이 동전을 두고 다투는 인간의 모습을 즐기기 위해 동전 몇 푼을 인간들에게 뿌려 놓은 것 같다. 세상은 복권 당첨소가 되어 버렸다. 자연의 영역에서 생계를 유지해야 하는 이 세상이 복권을 맞춰 보는 곳이 되다니! 우리 제도에 대해 더 이상 어떤 풍자와 논평이 필요하겠는가? 결국 인류는 나무에 목을 매게 될 것이다. 성서의 교훈이 인간에게 이것만 가르쳤는가? 인류 최고 발명품이 고작 개량된 퇴비용 갈퀴인가? 여기가 동양과 서양이 만나는 땅인가? 신은 우리가 씨 뿌리지도 않은 땅을 파서 생계를 유지하도록 가르쳤는가? 그래서 금덩어리를 보내 주었다고 생각하는가?

신은 의로운 사람에게 음식과 의복을 취할 수 있는 증명서를 주었지만, 불의한 자는 신의 금고에서 증명서 복사본을 발견하고 그것을 도용하여 같은 음식과 의복을 얻었다. 이것은 세상에 널리 퍼져 있는 위조 시스템 중 하나다. 나는 인류가 금이 부족해서 고통받고 있다고 생각하지 않는다. 나도 금을 아주 가끔 본 적이 있어서 금의 연성이 매우 높다는 것을 알고 있다. 금은 넓은 표면을 도금해서 빛나게 할 수 있지만, 지혜는 아니다.

산골짜기에서 금을 캐는 사람은 샌프란시스코의 술집에서 노름하는 도박꾼과 다를 바 없다. 흙을 흔들어 대는 것과 주사위를 흔드는 것 사이에 무슨 차이가 있는가? 개인이 이득을 보면 사회가 손해를 보기는 마찬가지다. 금을 캐는 사람은 보상을 얻든 아니든 관계없이 정직한 노동자의 적이다. 금을 얻기 위해 열심히 일했다고 말하는 것만으로는 충분하지 않다. 악마도 열심히 일하지 않는가. 위법자의 길은 여러 면에서 힘들 수 있다. 광산에 가 본 적 있는 한 겸손한 관찰자는 금을 캐는 게 복권과 같은 성격을 띠고 있으며 그렇게 얻은 금은 정직한 노동의 대가와는 다르다고 말한다. 사람들은 자신이 보았던 것을 금세 잊어버린다. 그저 눈에 보이는 사실만 보고 원칙은 보지 못하기 때문이다. 그들은 다음에 또 다른 복권을 살 테지만 한 가지 확실한 것은 그 결과가 불분명하다는 사실이다.

어느 날 저녁, 나는 호주의 인류학자 호윗이 쓴 금 채굴에 관한 글을 읽었는데, 파헤쳐진 계곡의 모습이 밤새도록 머릿속에서 떠나질 않았다. 계곡에는 폭이 6피트(약 1.8미터), 깊이가 10피트(약 3미터), 심하게는 100피트(약 30.5미터) 깊이의 더러운 구덩이들이 있었다. 사람들은 캠프 아래 금이 있다는 것만 알 뿐, 깊이가 어느 정도인지도 모르고 무조건 파 내려갔다. 아래로 160피트(약 32.3미터)를 파 내려가도 아무것도 나오지 않거나 1피트(약 30.5센티미터) 차이로 놓치는 경우도 있었다. 이들은 부를 갈망하며 악마같이 맹렬히 달려들었고, 다른 사람의 권리는 안중에도 없었다. 광부들이 뚫어 놓은 구덩이로 인해 30마일(약 48.3킬로미터)이나 되는 계곡 전체에 벌집처럼 큰 구멍이 생겼다. 수백 명이 구덩이에 빠져 죽었고, 구덩이 아래에서 밤새도록 작업을 하다가 흙투성이가 된 채 병에 걸려 죽은 사람도 많았다.

내가 읽은 글을 되새기면서 문득 불만족스러운 삶을 사는 내 모습을 떠올렸다. 채굴 현장을 떠올리며 나는 왜 매일 계곡에서 금을 씻어내지 않는지, 그리고 비록 아주 작은 알갱이라도 캐기 위해 내 안에 있는 수갱으로 내려가지 않는지 나 자신에게 물었다. 밸러랫이면 어떻고 벤디고*면 어떤가? 아무리 외롭고 험한 길이라도 사랑과 경외심을 가지고 걸어갈 수 있다면 상관없다. 실제로 많은 사람이 가지 않은 길을 가다 보면 분명 갈림길이 나올 것이다. 평범한 여행자는 고작해야 울타리의 틈을 보겠지만, 어느 길을 선택하든 그가 가는 길은 다른 길보다 더 의미 있고 고결한 길일 것이다.

사람들은 캘리포니아와 호주에 가면 진짜 금을 발견할 수 있는 것처럼 몰려가지만, 사실은 금이 있는 곳과 정반대의 길을 가고 있다. 그들은 진정한 금맥에서 더 멀리 떨어진 곳을 찾아가고, 스스로 가장 성공적이라고 생각할 때 가장 불행해진다. 우리의 고향인 미국 땅에 금이 있지 않은가? 황금산에서 흘러내린 시냇물이 우리의 계곡을 흐르고 있지 않은가? 이 산이 지질 시대 이전부터 빛나는 금 조각을 내려보내 우리에게 금덩어리를 만들어 주지 않았나? 그런데 이상하게도 금을 찾는 사람이 주변에 있는 미지의 장소로 가서 탐사한다면 그를 쫓아가서 말리는 사람은 없을 것이다. 그는 경작된 땅이든 아니든 계곡 전체를 훼손하겠지만 아무도 그의 행동을 비난하거나 주장에 이의를 제기하지 않기 때문에 평생 평화롭게 지낼 수 있다. 사람들은 그가 어떤 장비를 사용하는지에 대해서도 신경 쓰지 않을 것이다. 그는 밸러랫에서처럼 13평방미터(약 3.9평) 넓이의 땅에 한정되지 않고 금을 찾기 위해 이 넓은 세계를 세척할 것이다.

✻　　밸러랫과 벤디고는 호주에서 금광이 발견된 도시다.

호윗은 호주의 벤디고에서 무게가 28파운드(약 12.7킬로그램)에 달하는 거대한 금괴를 발견한 사람을 보고 이렇게 말한다. "그는 곧바로 술을 퍼마시더니 말을 타고 여기저기 다니다가 사람들을 만나면 자신이 누군지 아는지 물어보고는 친절하게 '내가 금덩어리를 발견한 억세게 운 좋은 그놈이요'라고 알려 주었다." 그는 전속력으로 달리다가 나무에 부딪혀 머리가 터질 뻔하기도 했지만 이미 금덩어리에 머리를 부딪혀 정신이 없었다. 호윗은 이렇게 덧붙였다. "그는 정신이 완전히 망가진 상태였다." 하지만 그는 그런 부류를 대표하는 한 인간일 뿐이다. 그들이 금광이라고 부르는 장소의 이름을 보라. '멍청이 아파트Jackass Flat', '양머리 협곡Sheep's Head Gully', '살인자의 술집Murderer's Bar' 등 이런 식이다. 이 이름들에는 풍자가 담겨 있지 않을까? 그들이 부당하게 얻은 부를 자신들이 원하는 곳으로 가져가도록 내버려두면, 그들이 사는 곳은 '살인자의 술집'은 아니더라도 '멍청이의 아파트' 정도는 될 것이다.

마지막으로 우리가 부를 얻을 수 있는 수단은 다리엔 지협의 묘지를 약탈하는 것인데, 아직 초기 단계에 있는 것으로 보인다. 최근 소식에 의하면 이런 종류의 채굴을 규정하는 법이 이제야 뉴 그라나다 의회에서 두 번째 독회를 통과했다. 《트리뷴》은 이렇게 보도했다. "건기에 날씨가 좋아져 그 지역을 제대로 채굴할 수 있을 때 다른 풍족한 묘지도 발견될 것이다." 그리고 기자는 지역 주민들에게 이렇게 당부한다. "12월 이전에 오지 말고 보카

델토로보다는 지협 경로를 택하라. 쓸데없이 많은 짐을 가져오지 말고 무거운 장비도 필요 없다. 단, 좋은 담요 한 벌이 필요하고 튼튼한 곡괭이, 삽과 도끼 같은 장비가 필요하다. 버커의 안내서Burker's Guide를 참고할 것." 그리고 그는 이탤릭체와 대문자로 다음과 같이 끝을 맺는다. "만약 당신이 고향에서 잘살고 있다면 그냥 그곳에 있어라." 이 말은 "만약 당신 고향에서 무덤을 도굴해서 잘살고 있다면, 그냥 그곳에 머물러라."라는 뜻으로 해석될 수 있다.

그렇다면 왜 사람들은 성경의 말씀대로 캘리포니아에 가는 걸까? 캘리포니아는 뉴잉글랜드의 자손으로, 뉴잉글랜드의 학교와 교회에서 성장했기 때문에 뉴잉글랜드의 영향을 많이 받았다. 우리는 목사 중에 도덕적인 사람이 거의 없다는 사실을 알아야 한다. 선지자들은 인간이 하는 일을 사하게 하려고 고용된 사람들이다. 이 시대의 식자인 성직자의 대부분은 은혜롭고 우아한 미소를 지으며 열망과 떨림 사이를 오가는 나에게 금덩어리를 만들려고 너무 사소한 일에 연연하지 말라고 말한다. 하지만 이와 관련하여 지금까지 내가 들은 가장 권위 있는 조언은 실망스럽고 저급하기 짝이 없다. 조언의 요지는 이 세상을 바꾸려는 시도는 가치가 없다는 것이다. '사람들이 생계를 유지하기 위해 어떤 수단을 사용하는지 너무 깊이 알려고 하지 마라. 그렇게 하면 병에 걸릴 것이다' 이런 식이다. 빵을 얻는 과정에서 순수함을 잃느니, 나는 차라리 당장 굶어 죽는 편이 낫다. 아무리 교양 있어

보이는 사람일지라도 내면에 순수함이 없으면 선해 보이는 악마일 뿐이다. 나이가 들어가면서 우리는 점점 더 천박해지고 규율은 더 느슨해지며, 최고의 본능을 따르지 않게 된다. 그렇지만 우리는 우리보다 더 불행한 자들의 비아냥 따위는 무시하고 극도로 건전한 정신을 유지하도록 노력해야 한다.

자기주장이 어려운 이유

과학과 철학에서조차도 사물에 대해 진실하고 확고하게 설명하지 못한다. 우리의 분열된 생각과 편협함이 이 분야에도 영향을 미친 탓이다. 별을 탐사하기 위해서는 우선 그 별에 인간이 머무를 수 있는지에 대해 논의해야 하는데 그렇지 못하다. 왜 우리는 땅도 모자라서 하늘까지 더럽히는가? 알고 보니 탐험가 케인 박사와 존 프랭클린 경이 프리메이슨Freemason*의 일원이라는 건 아주 실망스럽다. 케인 박사가 프랭클린 경을 추종한 게 같은 프리메이슨 단원이었기 때문이라는 말은 더 씁쓸하게 들린다. 이

---

* 16세기 말에서 21세기에 존재한 인도주의적 박애주의를 지향하는 우애 단체 혹은 취미 클럽이다.

나라에는 중요한 주제에 대해 어린아이의 생각을 대담하게 아무 설명 없이 게재할 대중 잡지가 없다. 그런 글은 반드시 신학 박사의 손을 거쳐야 하는데, 만약 박새에 관한 글이라면 그렇게 하는 편이 나을 수 있다.

인류의 장례식에 참석하러 왔다가 자연 현상을 관찰할 수도 있다. 이런 작은 생각이 전 세계 성직자의 무덤지기가 될 것이다.

자신이 속한 사회에서 큰 소리로 당당하게 자기 의견을 말할 수 있을 정도의 명쾌하고 자유로운 지식인을 본 적이 거의 없다. 이들과 대화하다 보면 대부분 어떤 제도에 대해 방어적이고 보편적이지 않으며 자신의 특정한 관점이나 신념에 집착하는 경향이 있다. 그들은 하늘 사이에 좁은 채광창이 있는 자신의 낮은 지붕을 계속 올리려 한다. 하지만 나는 탁 트인, 방해 받지 않은 하늘을 온전히 볼 수 있음에도 불구하고 "거미줄을 치우고 창문을 닦아라."라고 말한다.

어떤 강연회에서 주최 측이 투표를 통해 종교라는 주제를 제외하기로 했다고 내게 미리 말했다. 하지만 사람들의 종교가 무엇인지, 그리고 내가 강연하는 주제와 종교가 어떤 관계가 있는지 내가 어찌 알겠는가? 오히려 나는 그 주제와 관련하여 내가 경험한 종교에 대해 성심껏 솔직하게 이야기했고, 청중들 역시 강연 내용에 대해 어떤 의혹도 제기하지 않았다. 강연은 그들의 머리 위로 떨어지는 달빛만큼이나 무해했다. 반면, 내가 만약 청중들에게 역사상 가장 위대한 사기꾼의 전기를 읽어 주었다고 해도 그들은 내가 자기 교회 집사들의 삶에 관해 이야기했다고 생각했을지도 모른다. 강연 후에는 "어디서 왔느냐?" 또는 "어디로 가느냐?"와 같이 평범한 질문을 많이 하는데, 어떤 청중이 옆자리에 앉은 사람에게 "이 강의의 주제가 뭐죠?"라고 본질적인 질문을 하는 것을 들으면 나는 두려움에 등골이 오싹해진다.

공정하게 말하면, 내가 아는 최고의 인간들은 평온하지 않고, 자기만의 세계에 빠진 사람들이다. 대부분 형식을 중요시하고 자신을 돋보이게 하려고 겉모습에 신경을 많이 쓴다. 사람들은 집과 헛간의 기초로 화강암을 선택하고 그 돌로 울타리를 쌓지만, 정작 자기 자신은 원시 암석인 화강암이라는 진리의 기초 위에 있으려고 하지 않는다. 우리의 문턱은 썩었다. 순수하고 섬세한 진리와 공존하려 하지 않는 자는 도대체 어떤 인간인가? 나는 친한 지인들을 만나면 그들의 엄청난 경박함을 자주 꾸짖는다. 우리는 서로 예의와 칭찬을 주고받지만, 짐승의 정직함과 성실함, 바위의 꾸준함과 견고함에 대한 교훈은 서로에게 가르치지 못하기 때문이다. 그러나 그 잘못은 우리에게 있다. 우리는 습관적으로 서로에게 많은 것을 요구하지 않는다.

헝가리의 위대한 정치가 코수스에 대한 열광이 얼마나 특이하고 피상적이었는지 생각해 보라. 그것은 하나의 정치 쇼나 무도회에 불과했다. 전국 각지에서 사람들이 그에 대해 연설했지만, 대다수가 자신의 생각 또는 자신이 원하는 것을 표현했을 뿐이다. 진실을 말하는 사람은 아무도 없었다. 그들은 단지 평소처럼 서로 의지하며, 모두가 아무것도 없는 무無에 의지하고 있었다. 마치 힌두교에서 세상을 코끼리 위에, 코끼리는 거북이 위에, 거북이는 뱀 위에 얹어 놓고 뱀 아래에는 아무것도 두지 않는 것처럼 말이다. 한바탕 소동의 결과로 우리는 어쨌든 힘들게 자유라는 코수트의 모자를 얻었다.

자유를 누릴 자유

우리의 일상적인 대화는 대부분 공허하고 비효율적이다. 피상적인 것들이 서로 만난다. 우리의 삶이 내면적이거나 개인적인 것이 아닐 때, 대화는 단순한 잡담으로 전락한다. 신문에서 읽었거나 이웃에게 들은 것 외에 새로운 소식을 말해 줄 수 있는 사람을 만나기란 쉽지 않다. 대체로 나와 다른 사람의 차이는 그가 신문을 보았거나 차를 마시러 외출했지만 나는 그렇게 하지 않았다는 것뿐이다. 내면의 삶이 실패할수록 우리는 계속해서 더 필사적으로 우체국에 간다. 엄청나게 많은 편지를 가지고 우체국을 나오는 사람은 자신의 넓은 인맥에 뿌듯해하지만 정작 자기 내면의 이야기는 오랫동안 듣지 못했을 것이다.

일주일에 한 부의 신문을 읽는 것도 내게는 너무 벅차다. 얼마 전부터 신문을 읽고 있는데 마치 오랫동안 고향을 떠나 있는 기분이 든다. 태양, 구름, 눈, 나무가 별로 말을 많이 걸지 않았다. 두 명의 주인을 섬길 수는 없다. 하루의 부를 알고 소유하려면 하루 이상의 헌신이 필요한 법이다.

하루 동안 읽거나 들은 것을 말하는 게 부끄러울 수 있다. 나의 개인적인 소식이 그렇게 보잘것없는 것인지 그 이유를 나는 모르겠다. 한 사람의 꿈과 기대를 생각할 때 그의 발전이 그렇게 하찮은 건가? 나로서는 이해가 가지 않는다. 우리가 듣는 뉴스는, 대부분 우리 시대의 천재에게는 뉴스가 아니다. 반복되는 진부한 이야기일 뿐이다. 예컨대, 25년 만에 길거리에서 등기소장 호빈스를 우연히 만났다면 그것은 특별한 경험인가? 우리가 매일 보고 듣는 뉴스가 대부분 그런 식이다. 이 사실들은 곰팡이의 포자처럼 무의미하게 대기를 떠다니다가 방치된 우리 정신 껍데기에 내려와 앉는다. 즉 기생할 근거를 제공하는 어떤 곳에 붙어사는 것처럼 보인다. 그런 뉴스로부터 우리를 깨끗이 씻어내야 한다. 우리가 사는 지구가 폭발하더라도 폭발에 아무런 의미가 없다면 무슨 상관인가? 우리의 정신이 건강할 때는 그런 사건에 관하여 최소한의 호기심도 없다. 우리는 하찮은 오락을 위해 사는 것이 아니다. 나는 세상이 당장 폭발한다고 해도 그걸 보려고 달려가지는 않을 것이다.

우리는 여름 내내 그리고 가을까지, 무의식적으로 신문과 뉴스를 보고 들었을 것이다. 이제는 아침저녁으로 머릿속이 뉴스로 가득 차 있다는 걸 깨닫게 된다. 산책을 해도 머릿속에는 온통 사건들뿐이다. 하지만 우리는 유럽의 정세가 아닌 매사추세츠 들판에서 일어나는 일에 관심이 있다. 만약 우리가, 뉴스가 인쇄되는 종이보다 얇은 지층에 살면서 존재한다면, 그 뉴스는 우리의 세상을 가득 채울 것이다. 하지만 지층 위를 날아오르거나 그 아래로 뛰어들 수 있다면 그런 변변치 않은 뉴스를 기억하거나 떠올릴 수 없을 것이다. 정말로 매일 해가 뜨고 지는 것을 본다면, 즉 보편적인 사실과 자신을 연관시킨다면, 우리의 정신은 건강하게 유지할 수 있을 것이다. 국가! 국가란 무엇인가? 타타르족, 훈족, 중국인을 말하는가? 그들은 곤충처럼 떼 지어 다닐 뿐이다. 역사가들은 그들을 기억하기 위해 노력하지만 부질없는 짓이다. 인간은 많지만 제대로 된 인간이 없기 때문이다. 이 세상을 채우는 건 결국 개인이다. 인간이라면 누구나 로댕의 정신으로 이렇게 말할 수 있어야 한다.

> 내 높이에서 나라들을 내려다보니
> 그들은 내 앞에서 재가 되는구나.
> 구름 속에 있는 나의 거처는 평온하다.
> 내 안식의 넓은 들판은 즐거움으로 가득 차 있다.

바라옵건대, 우리가 에스키모처럼 개에게 끌려다니고 언덕과 계곡을 넘나들며 서로의 귀를 물어뜯는 일 없이 살게 해 주소서.

위험하다는 생각에 몸서리치면서도 나도 거리에 나도는 풍문 같은 사소한 이야기에 자주 신경 쓰게 된다는 사실을 인정하지 않을 수 없다. 놀랍게도 사람들은 자발적으로 사고할 수 있는 공간에 쓰레기 같은 정보를 자꾸 집어넣는다. 이는 하찮은 소문과 사건들이 그들의 사고가 있어야 할 신성한 자리에 침입하도록 허락한 결과다. 우리의 정신이 길거리나 찻집에 나도는 풍문이 주로 논의되는 공공의 장인가? 아니면 신을 섬기기 위해 바쳐진 천국의 신전인가? 나는 정신이 성스러운 상태에 있을 때 내가 하는 일이 중요한지 아닌지를 알 수 있기 때문에 사소한 일들로 정신을 채우는 걸 주저한다. 신문과 대화에 나오는 뉴스가 그런 사소한 것들이다. 이런 점에서 볼 때 정신의 순수함을 지키는 것이 무엇보다 중요하다.

형사 법정 한 사건의 세부 내용이 우리의 생각 속으로 들어와 한 시간, 아니 몇 시간 동안 그 성소를 불경스럽게 돌아다닌다고 생각해 보라! 이는 우리의 가장 성스러운 곳을 천박한 술집으로 만드는 것과 다름없다. 마치 거리의 먼지가 우리를 오랫동안 뒤덮는 것처럼 그것들이 모든 왕래, 소란, 오물과 함께 우리의 성소를 활보하는 것이다. 이것이야말로 지적, 도덕적 자살이 아닐까? 내키지 않지만 나는 몇 시간 동안 법정의 방청객과 청중으로 앉아 있을 때가 있다. 그럴 때면 자발적으로 법정에 온 이웃과 잘 씻은 손, 얼굴을 하고 몰래 법정에 들어온 사람들을 보게 된다. 그들이 모자를 벗으면 갑자기 머리에 달린 귀가 소리를 듣기 위해 거대한 깔때기처럼 커지는 것 같다. 그리고 소리는 그들의 좁은 틈에서도 북적거린다. 마치 풍차의 날개처럼 폭은 넓지만 가느다란 소리는 톱니바퀴 같은 뇌에서 이리저리 얽히다가 반대쪽 귀를 통해 사라진다. 나는 그들이 집에 돌아왔을 때 손과 얼굴을 씻기 전에 조심스럽게 귀를 씻는지 궁금하다. 아무튼 그 순간 나는 생각했다. 유죄 추정의 원칙이 있다고 가정했을 때 관객, 증인, 배심원, 변호사, 판사, 피고 모두 같은 범죄자라고. 차라리 하늘에서 벼락을 쳐서 그들을 모조리 태워버리는 편이 나을 거라는 생각마저 든다.

온갖 계략과 표시판을 동원하고 신성한 법 중에서 가장 가혹한 형벌로 혼내, 우리의 유일한 신성한 땅에 들어온 침입자를 빨리 몰아내야 한다. 무익하고 해로운 것들을 우리의 기억에서 몰아내는 것이 이렇게 어렵다니! 만약 내가 하천의 물이라면 마을의 하수구를 지나는 오수가 아니라 파르나소스산*을 흐르는 개울물이면 좋겠다. 진정한 영감은 일상적인 소음이나 혼란 속에서 오는 것이 아니라 마음에 신성한 영감을 받을 준비가 되었을 때 비로소 찾아온다. 술집과 형사 법정에는 세속적이고 불경스러운 폭로가 난무한다. 인간의 귀는 이 두 가지 이야기를 모두 받아들일 수 있다. 오로지 듣는 사람의 성품에 따라 귀가 어느 쪽에

---

*   시의 여신 뮤즈가 태어난 산으로, 시와 문학적 영감의 상징으로 자주 사용된다.

열리고 어느 쪽에 닫힐지가 결정된다. 나는 사소한 일에 관심을 기울이는 습관으로 인해 정신이 영구히 더럽혀져 모든 생각이 사소한 것에 물들게 된다고 믿는다. 우리의 지성이라는 도로는 일상적인 소문이나 잡담으로 쉽게 파손될 수 있는데, 이는 긴 시간 동안의 정보 과부하와 분산된 관심 때문이다. 하지만 이 도로를 복구하기 위한 뛰어난 포장이 무엇인지 알고 싶다면, 단단한 돌, 가문비나무 블록, 아스팔트같이 오랜 시간 단련된 우리의 정신 한구석을 살펴보면 될 것이다.

우리가 자신을 모독했다면(사실 그렇지 않은 사람은 없을 것이다), 해결책은 신중함과 헌신을 통해 우리 내면의 성소를 다시 짓는 것이다. 우리의 마음, 즉 우리 자신을 순수하고 순진한 아이들처럼 대해야 하며 어떤 대상과 주제에 끌리는지 유심히 살펴봐야 한다. 그러니 《타임스》를 읽지 말고 영원을 읽어라. 관습은 불순함만큼이나 좋지 않다. 어떤 의미에서 과학적 사실은 매일 새로워진다. 하지만 신선하고 살아있는 진리의 이슬에 의해 풍요로워지지 않는다면 그 건조함으로 인해 우리의 정신에 먼지가 쌓이게 될 수 있다. 지식은 하늘에서 번쩍이는 섬광처럼 우리에게 다가온다. 그렇다. 정신은 그 안을 통과하는 생각 때문에 닳고 찢긴다. 폼페이의 거리처럼 패인 자국들을 연상케 한다. 심사숙고해야 할 것들이 얼마나 많은가! 우리가 아는 게 아니면 차라리 모르는 게 좋은지, 행상 마차를 끌고 다리를 빨리 건너는 게 좋은지, 아니면 천천히 건너는 게 좋은지. 가까이에서 흐르는 영원이라는 강가 위로 영광스러운 시간의 다리가 드리워져 있어도 결국에는 지나갈 것이다. 우리는 교양도 세련됨도 없이 고작 악마를 섬기는 기술만 가지고 있는 건가? 세속적인 부나 명예, 자유를 얻고, 그것으로 거짓 쇼를 하며 알맹이가 없는 껍데기인 것처럼 살고 있지는 않은가? 인간이 만든 제도는 마치 손가락을 찌르는 데만 적합한 그런 밤송이 가시와 같은 것에 불과한가?

미국은 자유를 위한 싸움이 벌어진 무대로 알려졌지만, 자유에는 단순히 정치적 의미의 자유만 있는 건 아닐 것이다. 미국인이 정치적 폭군으로부터 자유로워졌다는 사실은 맞지만, 여전히 경제, 도덕적 폭군의 노예다. 이제 공화국이 확립되었으니 로마 원로원이 집정관에게 "개인 국가가 피해를 입지 않도록 하라."고 말했듯 개인 국가를 돌봐야 할 때다.

미국을 자유의 땅이라고 부르는가? 조지 왕으로부터 해방되고 편견이라는 왕의 노예가 되지 않았나? 자유롭게 태어났지만 자유롭게 살지 못한다는 건 무슨 의미인가? 도덕적 자유로 나아가는 수단으로 정치적 자유가 가치 있는가? 우리가 자랑하는 자유는 노예가 되는 자유인가, 아니면 자유를 누릴 자유인가? 우리가 사는 나라는 정치적 자유에만 신경을 쓰는 정치인의 나라다. 아마도 진정한 자유를 누릴 수 있는 사람은 우리의 먼 후손일 것이다. 우리는 자신에게 부당한 세금을 부과한다. 불합리한 부담이나 희생을 강요한다. 우리의 일부가 보호받지 못하기 때문에 과세라고 할 수 있다. 군대를 주둔시키듯 우리는 온갖 종류의 바보와 가축들을 우리 안에 가두어 둔다. 그리고 거친 육체를 가련한 영혼에 주둔시킨다. 육체가 영혼을 먹어 치울 때까지 말이다.

진정한 교양과 인간다움에 관하여 우리는 여전히 순진하고 세련되지 않았다. 그저 촌놈에 불과하다. 아주 편협하다. 그 이유는 우리가 가정에서 우리의 기준을 찾지 않기 때문이다. 우리는 진리를 숭배하는 것이 아니라 진리의 그림자를 숭배하기 때문이다. 우리는 무역, 상업, 제조업, 농업 등과 같은 일에만 지나치게 몰두하기 때문에 왜곡되고 편협한 태도를 보인다. 이러한 것들은 목적이 아닌 수단에 불과하다.

영국 의회도 마찬가지다. 그저 시골뜨기에 불과한 그들은 중요한 문제를 해결할 때 한계를 분명히 드러낸다. 예를 들어, 아일랜드 문제를 '영국 문제'로 인식해야 하는데, 그렇지 않다. 그들의 본성은 그들이 일하는 환경에 길들어져 있다. 소위 '좋은 혈통'은 부차적인 겉치레나 표면적인 것들에만 경의를 표한다. 세상에서 가장 훌륭한 예절, 고상한 지성과 대비할 때 어색하고 서툴기 짝이 없다. 그들이 지켜온 예절, 무릎 장식, 작은 옷 등은 시대에 뒤떨어진 구닥다리처럼 보인다. 상대방이 그들의 본모습을 보고 싶어도 본래의 자신을 드러내지 않고 겉으로만 예의를 차리고 형식적인 모습만을 보여 준다. 속살보다 껍데기를 제시하고, 일부 물고기는 껍데기가 속살보다 더 가치가 있다고 변명을 늘어놓는데 이는 정상이 아니다.

만성적인 소화 불량

나의 지인 중 자신의 겉모습이나 예절을 지나치게 강조하는 사람이 있는데, 이는 그가 자신의 진열장에 있는 진기한 물건을 고집스레 보여 주려고 하는 것과 같다. 영국의 시인 데커가 그리스도를 '지금까지 숨 쉰 자 중 최고의 신사'라고 불렀던 건 이런 의미에서가 아니었다. 그런 의미에서 보면 기독교 세계의 가장 화려한 궁정도 편협하다고 말할 수 있다. 거듭 말하지만 그 중정에서는 로마의 문제가 아닌, 알프스 이북의 이익에 대해서만 상의할 권한이 있으니 말이다. 영국 의회와 미국 의회의 관심을 끄는 문제들은 집정관이나 지방 총독이면 충분히 해결할 수 있을 것이다.

정부와 입법 기관! 존경받아 마땅하다. 세계 역사를 살펴보면

134

누마*, 리쿠르고스**, 솔론***이 있다. 이들은 적어도 이상적인 입법자를 상징한다. 노예 양산이나 담배 수출 규제에 관한 입법을 생각해 보라! 인도적인 입법자들은 노예 양산과 관련하여 어떤 법을 만들고, 신성한 입법자들이 담배 수출이나 수입과 관련하여 어떤 법을 제정할 것인가? 19세기에도 하느님의 아들이 있다고 가정하고 그분에게 이 질문을 던지면 우리는 어떤 대답을 듣게 될까? 우리는 하느님의 아들이 아니던가? 그저 멸종 위기에 처한 종족에 불과한가? 어떻게 하면 다시 살아날 수 있을까? 노예와 담배가 주 생산물인 된 버지니아와 같은 주는 지구 최후의 날이 닥치면 뭐라고 말할까? 이런 주에서 애국심의 근거는 무엇일까? 이 내용은 버지니아주에서 발표한 통계 자료를 근거로 한 것이다.

견과류와 건포도를 찾는 선원들로 인해 바다를 하얗게 물들이고, 이를 위해 선원들을 노예로 만드는 사업! 얼마 전 지나가다가 많은 사람이 목숨을 잃은 난파선을 보았는데, 그 배에 실려 있던 누더기와 향나무 열매, 쓰디쓴 아몬드가 해안가에 널려 있었다. 배는 향나무와 아몬드를 위해 이탈리아의 리보르노와 뉴욕 사이의 험한 바다를 오간 것이다. 과연 그만한 가치가 있었을까? 고통

---

*   로마의 제2대 왕으로, 원로원을 조직하고 군사 제도를 정비했다.
**   스파르타의 전설적인 법학자이자 입법자이다.
***   고대 그리스 아테네의 정치 지도자로, '아테네의 현자'로 불린다.

을 맛보기 위해 구세계로 간 것이다. 인생의 쓴맛이 바닷물이나 난파선의 쓴맛보다 못해서 바다로 갔단 말인가? 이것이 우리 미국이 자랑하는 무역이다. 이런 것이 진보와 문명의 토대라고 주장하는 자들이 있으니, 바로 정치인과 철학자를 자처하는 자들이다. 당밀통 주위를 어지럽게 날아다니는 파리 떼와 다를 게 무엇인가! 인간의 삶에는 상반된 두 가지 관점이 있다. 누군가 "인간이 굴처럼 조용히 사는 존재라면 아주 좋을 것이다."라고 말한다면, 나는 이렇게 대꾸할 것이다. "모기처럼 활동적인 존재라면 더 좋을 것이다."

미국 정부는 노예제 확대를 위해 아마존에 헌던 중위*를 파견했다. 그는 이 지역에 삶의 안락함이 무엇인지 알고 '국가의 위대한 자원'을 이끌어내기 위한 '인위적 욕구'를 가진 근면하고 활동적인 사람이 필요하다고 보고했다. 하지만 '인위적 욕구'란 무엇일까? 그의 고향 버지니아의 담배, 노예와 같은 사치품에 대한 애착도 아니고 나의 고향 뉴잉글랜드의 얼음, 화강암과 같은 물질적인 부도 아니다. '국가의 위대한 자원'이 물질적인 부를 만들어 내는 비옥하거나 척박한 토양도 아니다. 내가 가본 모든 주에서 주민들이 가장 원하는 건 고결하고 숭고한 의지였다. 이것만으로도 자연의 위대한 자원을 이끌어 낼 수 있으며 궁극적으로

<hr />

* 미 해군 소속으로, 1851~1852년에 아마존강 지역의 식물과 동물, 지리적 특성에 대한 정보를 수집했다.

인간은 자연이 가진 것 이상의 것을 얻게 된다. 결국 인간은 섭리에 따라 자연으로 돌아가기 때문이다. 우리가 감자보다 교양을, 설탕 발림 자두보다 계몽을 더 원할 때, 자연으로부터 위대한 자원에 대한 세금을 부과할 수 있다. 그 결과로 인간의 주된 결실은 노예나 직공이 아닌, 진정한 인간인 영웅, 성자, 시인, 철학자, 구원자라고 불리는 사람들이 될 것이다.

요컨대, 바람이 잦아든 곳에 눈이 쌓이듯 진실이 사라진 곳에는 제도가 생겨난다. 그럼에도 진실은 제도 위로 불어 결국에는 제도를 휩쓸어 버릴 것이다.

소위 정치라고 하는 것은 상대적으로 너무 피상적이고 비인간적이어서 나와 관련이 있다고 생각해 본 적이 없다. 신문사는 정치나 정부를 위해 특별히 지면을 할애하고 있으며 이것이 신문을 살리는 유일한 방법이라고 한다. 하지만 문학을 사랑하고 어느 정도 진실을 사랑하는 사람으로서 나는 그런 기사를 읽지 않는다. 나의 권리 의식을 무디게 하고 싶지 않기 때문이다. 이런 말을 할 필요가 있는지 모르지만, 나는 대통령의 성명을 한 번도 읽어본 적이 없다. 우리는 참으로 희한한 시대에 살고 있다. 제국, 왕국, 공화국이 개인에게 와서 팔을 붙잡고 불만을 토로하니 말이다. 나는 신문을 보지 않지만, 어떤 한심한 정부는 막다른 골목에 몰려 독서가인 나에게 자기를 위해 투표해 달라고 이탈리아 거지보다 더 성가시게 한다. 그가 들이미는 증서를 살펴보면 영어를 쓰지 않은 어떤 마음씨 좋은 상인의 점원이나 그것을 가져

온 선장이 작성한 것 같다. 아마도 베수비오 화산의 폭발이나 포강의 범람과 같은 기사를 읽게 될 것이다. 내용이 사실이든 아니든 중요하지 않다. 그런 경우 나는 주저 없이 일하러 가라고 제안하거나 구빈원에 가보라고 권할 것이다. 왜 나처럼 성을 침묵으로 지키지 못하는가? 변변치 못한 대통령은 자신의 인기를 유지하고 의무를 다하기 위해 노심초사한다. 신문이 실질적인 지배 세력이다.

정부는 포트 인디펜던스라는 독립 요새를 지키는 해병대로 권한이 축소되었다. 만약 누군가 《데일리 타임스》를 잘 읽지 않는다면 정부는 그에게 무릎을 꿇고, 읽으라며 애원할 것이다. 왜냐하면 신문을 읽지 않는 게 이 시대의 유일한 반역이기 때문이다.

오늘날 사람들의 가장 큰 관심을 끄는 정치와 신문은 인간 사회에서 중요한 기능을 한다. 하지만 신체의 각 부분처럼 무의식적으로 작동해야 한다. 인간 아래에 있는 일종의 식물 같은 존재여야 한다. 나는 가끔씩 그것들이 주위에서 일어나고 있는 것을 느낀다. 건강할 때는 소화 과정을 의식하지 않지만 소화 기관에 문제가 있을 때는 소화 불량이 의식적으로 느껴지는 것과 같은 이치다. 마치 사상가들이 커다랗게 부풀어 오른 창조라는 위대한 모래주머니 속에서 문질러지는 것과 같다. 정치는 모래와 자갈로 가득 찬 사회의 모래주머니와 같으며, 두 개의 정당은 때로는 네 개로 나뉘어 서로를 없애 버릴 듯 으르렁거린다.

이 시대에는 개인뿐만 아니라 국가도 만성적인 소화 불량을 겪고 있으며 그 결과는 우리가 상상한 대로다. 우리는 인생을 살면서 잊어버려야 할 것을 기억하게 될 때가 많다. 예를 들면, 불편하거나 불쾌한 것에 대한 기억은 잊어야 한다. 이런 기억이 우리의 일상을 방해하고 힘들게 만들기 때문이다. 우리는 소화 불량자로서 나쁜 꿈을 이야기하기 위해 만나지 말고, 소화가 잘되는 정상적인 사람들로서 영광스러운 아침을 축하하기 위해 만나야 한다. 내가 너무 무리한 요구를 하는 건가?

소로는 형인 존과 콩코드강과 메리맥강으로
일주일 휴가를 다녀왔다. 존은 면도하다가 베인
손가락의 상처가 악화되어 파상풍으로 사망한다.
소로는 형이 사망하고 7년 후에 이 글을 썼다.
이 글에서 존은 등장하지 않는다.
소로는 자연주의와 불복종이라는 규범에
더욱 매진했다. 소로는 생애 몇 달을 제외하고
평생을 콩코드 인근에서 살아갔다.

4부

불온한 자유

강물이 던진 지혜

＿＿＿＿＿＿＿＿＿

인디언들에게 머스케타퀴드라 불리는 풀밭강은 나일강이나 유프라테스강만큼이나 오래되었다. 이 강이 문명사회에 알려진 건 풀밭이 무성하고 물고기가 많이 잡힌다는 소문이 난 1635년 영국의 이주민들이 몰려오면서부터다. 강둑에 첫 번째 정착촌이 생긴 이후로 평화와 조화를 바라는 의미에서 지금의 '콩코드'라는 친근한 이름을 갖게 되었다.

이곳에 풀이 자라고 물이 흐르는 한 이 강은 풀밭강이 될 것이며 사람들이 강둑에서 평화로운 삶을 영위하는 한 콩코드강이 될 것이다. 이제는 사라진 종족에게 이곳은 사냥과 낚시를 하던 초원이었고, 대초원을 소유한 콩코드 농부들에게는 해마다 건초를 얻을 수 있는 영원한 풀밭이다.

여름에 콩코드강은 수심이 4~15피트(약 1.2~4.6미터), 폭이 100~300피트(약 30.5~91.4미터)지만, 봄철에 제방이 넘칠 때는 강의 폭이 1마일(약 1.6미터)에 달하는 곳도 있다. 서드베리와 웨일랜드 사이의 초원에 물이 차면 수많은 갈매기와 오리가 서식하는 얕은 수생 호수의 멋진 먹이 사슬이 형성된다. 두 마을 사이에 있는 셔먼스 브리지 바로 위에는 가장 넓은 초원이 자리 잡고 있는데, 3월에 산뜻한 바람이 불면 수면은 어둡고 잔잔하게 물결치고 규칙적으로 넘실거리며 저 멀리 오리나무 늪지와 단풍나무가 안개로 덮여 있어서 마치 작은 휴런 호수*처럼 보인다. 배를 타고 노 저어 가면 즐겁고 유쾌한 경험을 할 수 있을 것이다. 서드베리 해안을 따라 농가들은 완만한 산기슭에 자리 잡고 있어서 봄철에 농가에서 강을 내려다보면 훌륭한 풍경을 만끽할 수 있다. 하지만 웨일랜드 쪽 해안은 평평하기 때문에 홍수가 나면 이 마을이 가장 큰 피해를 본다. 댐이 세워진 이후 수천 에이커의 땅이 물에 잠겼지만, 예전에는 흰 인동덩굴**이나 토끼풀이 자랐으며 여름철에는 신발을 신고 지나갈 수 있었다고 한다. 이제 이곳에는 1년 내내 물속에 서 있는 푸른 조인트와 사초, 겨풀만 남아 있다. 오랫동안 농부들은 가장 건조한 시기에 건초를 얻기 위

---

*   북미 지역에 있는 오대호 중 하나로, 오대호 중 면적이 두 번째로 넓다.

** 쌍떡잎식물 꼭두서니목 인동과의 반상록 덩굴 식물로 산과 들의 양지바른 곳에서 자란다.

해 온갖 노력을 다했다. 때로는 밤 아홉 시가 넘도록 희미한 빛에 의존하면서 얼음이 남겨진 흙무더기를 털어 냈다. 하지만 이제는 마른풀을 얻을 수 없기 때문에 농부들은 마지막 남은 자원인 자신들의 숲과 고지대를 서글프게 바라볼 뿐이다.

강을 따라 배를 타고 가도 충분히 그럴 만한 가치가 있다. 서드베리만 가더라도 마을 너머로 멋진 풍경이 펼쳐져 있다. 여기저기에 큰 언덕들이 있고 곳곳에 시냇물이 흐른다. 처음 보는 농가들, 헛간, 건초 더미가 있고 사방에 사람들이 보인다. 사우스버러, 웨일랜드, 나인 에이커 코너에 살고 있는 사람들이다. 바운드 록은 강 속의 바위로, 링컨, 웨일랜드, 서드베리, 콩코드 네 개 마을의 경계가 된다. 바람에 출렁이는 물결이 자연을 신선하게 만들어 주고 물보라가 얼굴에 쏟아지며 갈대와 골풀이 바람에 흔들린다. 거친 물결 속에서 불안해하던 수백 마리의 오리가 날아갈 채비를 마치고 거센 바람을 향해 날아오른다. 삐익 휘파람 소리를 내며 래브라도를 향해 곧장 날아가다가 강풍을 만나면 몸을 움츠리고 날아간다. 그런가 하면 강물 위에서 다리로 노를 젓고 뱅글뱅글 돌면서 우리를 엿보다가 자리를 뜨는 녀석들도 있다. 갈매기들은 머리 위에서 맴돌고 있으며, 온몸이 젖어 추워 보이는 사향쥐들은 몸을 말릴 만한 어딘가를 향해 필사적으로 헤엄쳐 간다. 그래서 공들여 지은 듯한 집들이 건초 더미처럼 주위에 널려 있었나 보다. 바람이 부는 강가를 따라 수많은 생쥐, 두더지, 박새들이 분주히 오간다. 물살에 휩쓸려 강가까지 온 크랜베리는 작은 빨간 배처럼 오리나무들 사이에서 흔들거린다. 이런 자연의 건강한 소란스러움이야말로 최후의 날이 아직 멀었다는 증거가 아니겠는가!

건장하고, 거칠고 경험이 많은 지혜로운 사람들이 자신의 성을 지키는 모습, 여름철 목재를 운반하는 모습, 숲에서 홀로 나무를 베고 있는 모습이 보인다. 그들의 햇볕과 바람, 빗속에 담긴 이야기는 마치 밤송이에 밤알이 꽉 찬 것처럼 희귀한 모험으로 가득 차 있다. 1775년과 1812년에만 나간 것이 아니라 평생을 매일 나갔으며 호메로스나 초서와 셰익스피어보다 위대한 사람들이다. 다만 그들은 말할 시간이 없고 글을 쓰는 길을 선택하지 않았을 뿐이다. 혹시 그들은 이미 이 땅에 무언가를 쓰지 않았을까? 개간하고, 불태우고, 긁고, 써레질하고, 쟁기질하고, 깊이 갈아엎고, 이런 일을 반복하지 않았나? 종이가 없으니까 이미 쓴 것을 지우고 다시 쓰면서 말이다.

어제와 역사적 시대가 과거이듯 그리고 오늘의 일이 현재이듯 자연 속의 삶에서 얻는 일시적인 전망과 부분적인 실제의 경험들은 미래에 속해 있거나, 오히려 시간의 제약을 벗어난 신성한 존재다. 영원히 사라지지 않은 비와 바람 속에서 생생하게 존재한다.

존경하는 자들이여,
그대들은 어디에 사는가?

그대들은 떡갈나무 숲에서 속삭이고,

건초 더미 속에서 한숨짓는다.

여름과 겨울, 밤과 낮으로

초원에 그대들이 산다.

그대들은 결코 죽지 않고,

흐느끼거나 울지도 않으며

젖은 눈으로 우리의 동정을 구하지도 않는다.

그대들은 언제나 자신의 땅을 가꾸고,

원하는 사람들에게 기꺼이 빌려준다.

바다에는 풍부함을,

초원에는 건강함을,

시간에는 길이를,

바위에는 강함을,

별들에는 빛을,

지친 자에게는 밤을,

바쁜 자에게는 낮을,

노는 자에게는 재미를 가져다준다.

그대들의 좋은 기운은 끝이 없다네,

모두가 빚진 자들이고 그대들의 친구다.

콩코드강은 감지할 수 없을 정도로 물살이 부드럽게 흐르는 게 특징이다. 혹자는 미국의 독립 혁명과 그 이후의 사건에서 나타나듯, 콩코드 주민들의 전형적인 절제력이 이러한 자연 현상에 영향을 받은 결과라고 한다.

메리맥강의 다른 지류들과 비교할 때, 이 강은 특히 넓은 초원을 따라 흐르기 때문에 인디언들이 머스케타퀴드강, 즉 초원강이라고 부른 것이 아주 적절하다고 생각된다. 콩코드강은 대부분 참나무가 흩어져 있는 드넓은 벌판을 가로지르며 흐르는데, 벌판에 크랜베리 열매가 어찌나 흔한지 이끼밭처럼 땅을 덮고 있다. 개울의 한쪽 또는 양쪽에는 난쟁이 버드나무들이 가라앉아 있고, 더 멀리 떨어진 초원 주변에는 단풍나무와 오리나무 같은 강 나무들이 줄지어 서 있다. 제철이 되면 이 나무들에 보라색, 빨간색, 흰색의 포도 덩굴이 넘쳐난다. 강에서 더 멀리 떨어진 단단한 땅 가장자리에는 주민들의 회색과 흰색 거주지가 있다. 1831년 기준으로 2,111에이커(약 258만 평)가 야생 초원으로, 이는 콩코드 전체 넓이의 약 7분의 1에 해당한다. 목초지와 미경작지 다음으로 넓다. 이전의 몇 년간 보고서를 고려해 볼 때, 숲이 빠르게 개간되었지만, 초원은 개간되는 만큼 빨리 회복되지 않았다.

1628년부터 1652년까지 뉴잉글랜드에 대해 기록한 『존슨의 경이로운 섭리Johnson's Wonder-Working Providence』를 보면 존슨이 이 초원에 대해 어떻게 생각했는지를 알 수 있다. 그는 콩코드에 모여 있는 12교구에 대해 이렇게 말한다. "이 마을은 메리맥강의 지류인 맑은 강 주변에 자리 잡고 있으며, 강은 신선한 습지로 가득

하고 강물에는 물고기가 넘쳐난다. 제철이 되면 청어가 마을 쪽으로 올라오지만, 연어와 황어는 바위로 인한 물살 때문에 올라오지 못한다. 그래서 초원이 물이 잠기게 되었다. 마을 사람들이 이웃 마을 사람들과 함께 바위를 뚫어 물길을 내려고 여러 차례 시도했으나 실패하고, 결국 100파운드를 들여 물길을 다른 곳으로 돌릴 것으로 보인다." 그 지역의 농업에 대해서는 이렇게 말했다. "소 한 마리당 5~20파운드를 주고 사서 이곳으로 들여와, 건초로 겨울을 나게 하기 위해 한 번도 베지 않은 야생 사료를 먹였는데 소들이 버티지 못했다. 대부분 새로운 정착지에 이주한 가구에서 당해 혹은 다음 해 가축들이 폐사하는 사례가 빈번했다."

다음은 같은 저자의 『매사추세츠 정부의 서드베리에서 열아홉 번째 교회 설립에 관하며Of the Planting of the 19th Church in the Mattachusets' Government』 내용이다. "올해(1654년을 말하는 것으로 보임) 서드베리 마을과 교회는 첫 주춧돌을 놓았다. 이전에는 이웃 마을인 콩코드가 했던 것처럼 내륙에 자리를 잡고 있었다. 같은 강 상류의 신선한 습지가 풍부하게 제공되었지만, 지대가 낮은 탓에 홍수가 나면 큰 피해를 보았고 여름에 습해지면 건초의 일부를 잃었다. 그래도 건초가 워낙 풍부해서 다른 마을의 소까지 데려와 풀을 먹여 겨울을 나게 했다."

콩코드 초원의 이 느린 동맥은 어떤 소리나 맥박도 없이 마을을 가로지르며 남서쪽에서 북동쪽으로 50마일(약 80.5킬로미터)을 흐른다. 인디언 전사의 신발을 신은 것처럼 가벼운 발걸음으로 대지의 평원과 계곡을 쉴 새 없이 굴러간다. 대지의 높은 곳에 서 아주 오래된 저수지까지 서둘러 흘러간다. 대지 반대편에 있 는 수많은 유명한 강의 물소리가 그 강둑에 사는 주민들에게 들 리는 것처럼, 우리에게도 들린다. 많은 시인의 강이 영웅의 투구 와 방패를 가슴에 품고 떠다닌다. 크산토스*나 스캐만데르의 강 바닥은 단순히 마른 수로나 산 급류의 바닥이 아니다. 이 강에는 끊임없이 명성의 샘물이 흐르고 있다.

나는 진흙탕이지만 많은 학대를 받았던 콩코드강을 역사상 가 장 유명한 강과 연관시켜도 괜찮다고 생각한다.

로키산맥, 히말라야산맥, 달의 산맥에서 나온 원자인 미시시 피강, 갠지스강, 나일강은 세계 연대기에서 나름의 중요성을 지 니고 있다. 하늘은 아직 이들 강의 근원을 말리지 않았고, 달의 산맥은 파라오에게 그랬던 것처럼 매년 어김없이 파샤**에게 공 물을 보냈다. 파샤는 다른 수입을 자신의 칼끝에서 거둬들여야 한다. 강은 최초 여행자들의 발걸음을 이끈 길잡이 역할을 했음 이 틀림없다. 우리의 대문 옆으로 흐르면서 먼 곳의 사업과 모험 을 끊임없이 유혹하고, 강둑에 사는 사람들은 강물의 흐름을 따 라 땅의 저지대로 가거나 강물의 초대로 대륙의 내륙을 탐험했

---

*   소아시아 남서부에 위치한 리키아의 고도古都다.
**   튀르키예에서 장군, 총독, 사령관 따위의 신분이 높은 사람에게 주던 영예
     의 칭호다.

다. 강은 각 나라에서 자연이 만들어 준 고속도로다. 여행자의 길을 평평하게 하고 길에 있는 장애물을 제거해 주며 갈증을 해소하고 여행자를 품에 안아줄 뿐만 아니라, 가장 흥미로운 풍경과 지구상에서 가장 인구가 많은 지역, 그리고 동물과 식물이 가장 완벽한 조화를 이루는 왕국으로 안내한다.

나는 자주 콩코드 강둑에 서서 모든 진보의 상징인 흐르는 물살을 바라보며 생각한다. 모든 체계와 시간, 그리고 다른 모든 것이 동일한 법칙에 따라 흘러간다. 물살을 따라 부드럽게 굽이치는 물풀들은 씨앗이 가라앉은 곳에서도 자라고 있지만, 머지않아 죽어서 하류로 떠내려갈 것이다. 더 나은 상태로 되고자 하는 바람 없이 그저 빛나는 자갈, 나뭇조각과 잡초, 때때로 운명을 다하고 지나가는 통나무와 나무줄기는 나에게 특별한 관심의 대상이었으며, 마침내 나는 이 강이 나를 데려다줄 곳이 어디든 이끌려 갈 준비가 되었다.

아름다움은 한적함에서 온다

우리는 남쪽을 향해 앉아 북쪽에서 불어오는 미풍을 맞으며 볼스 힐에서 칼라일 브리지까지 한참을 노 저어 갔지만, 물은 여전히 흐르고 풀은 자라 있었다. 칼라일과 베드포드를 잇는 다리를 지나자 저 멀리 초원에서 풀을 베는 사람들의 머리카락이 그들이 자르는 풀처럼 흔들렸다. 멀리서 보니 인간이나 풀이 바람에 흔들리기는 마찬가지였다. 밤이 깊어지자 초원에는 베어 낸 풀잎마다 생명력이 넘쳐나는 듯한 싱그러움이 감돌았다. 희미한 보라색 구름이 강물에 비쳐 보이기 시작했고, 소 방울 소리가 강둑을 따라 크게 울려 퍼졌으며 우리는 약삭빠른 물쥐마냥 야영할 곳을 찾아 강가에 점점 더 다가갔다.

7마일(약 11.3킬로미터) 정도 노를 저어 간 끝에 우리는 빌레리카에 도착했고, 봄이면 강 속의 섬이 되는 작은 언덕의 서쪽에 배를 정박했다. 그곳 덤불에는 허클베리가 아직 가지에 달려 있었는데, 우리를 위해 아주 천천히 익어가는 것 같았다. 빵과 설탕, 강물로 끓인 코코아로 저녁 식사를 마쳤다. 하루 종일 강의 전경을 마신 우리는 저녁 식사와 함께 강의 신들에게 경의를 표하고, 앞으로 보게 될 광경을 기대하며 강물을 한 모금씩 마셨다.

한쪽에서는 해가 지고 있었고, 다른 한쪽에서는 그림자가 점점 더 짙게 드리워졌다. 밤이 깊어질수록 어둠은 점점 더 밝게 빛나는 것 같았고, 한낮의 그림자에 가려져 있던 외롭고 쓸쓸한 농가 한 채가 멀리서 모습을 드러냈다. 다른 집은 보이지 않았고 경작하는 밭도 보이지 않았다. 좌우로 지평선까지 뻗은 소나무 숲이 하늘을 배경으로 깃털처럼 뻗어 있었고, 강 건너편 험준한 언덕에는 울퉁불퉁 튀어나온 회색 바위 주위로 포도나무와 담쟁이덩굴이 참나무 관목들과 어우러져 있었다. 숲 여기저기에서는 회색 바위들이 튀어나와 있었다. 400미터 정도밖에 떨어져 있지 않은 절벽의 측면에서는 우리가 보고 있는데도 바스락거리는 소리가 살며시 들려왔다. 잎이 무성한 황야와 같았고 파우누스*나 사티로스**가 살 법한 곳이었다. 이곳에서는 박쥐들이 종일 바위에 매달려 있다가 저녁이면 물 위를 날아다니고, 반딧불

* 그리스 신화와 로마 신화에 등장하는 숲과 평야, 들판의 신이다.
** 그리스 신화에 등장하는 반인반수 자연의 정령이다.

이들이 풀과 나뭇잎 아래에서 밤에 대비해 불빛을 품고 있었다. 우리는 해안에서 몇 발짝 떨어진 언덕에 텐트를 치고 나서 해 질 녘, 세모난 문을 통해 오리나무 위로 홀로 서 있는 돛대를 바라보며 앉아 있었는데, 강물의 흔들림이 멈추지 않았다. 이 땅에 상업이 처음으로 발을 디딘 것이다. 이곳이 우리의 항구, 오스티아*였다. 강과 하늘을 향한 곧은 기하학적인 선은 문명화된 삶의 마지막 정교함을 상징했고, 그곳에서 역사에 존재했던 숭고함이 그대로 드러났다.

대체로 밤에는 인간의 존재가 인식되지 않는다. 인간의 숨소리는 들리지 않았고, 오직 바람의 숨소리만 들렸다. 우리는 이 신기한 상황에 잠을 이루지 못하고 앉아 있었다. 여우가 낙엽을 밟고 텐트 근처에서 이슬이 맺힌 풀을 빗질하는 소리가 간간이 들려왔다. 사향쥐가 우리 배 안에 있는 감자와 멜론 사이를 뒤지는 소리가 들려 급히 강기슭으로 달려갔지만, 물에 비친 별 그림자가 물결에 흐트러지는 모습만 보였다. 간혹 꿈꾸는 참새의 노래나 부엉이의 숨죽인 울음소리가 세레나데처럼 들려왔다. 하지만 가까이서 나뭇가지의 딱딱거리는 소리나 나뭇잎 사이로 바스락거리는 소리와 같이 밤의 정적을 깨뜨리는 소리 뒤에는 갑작스러운 멈춤과 더 깊고 의식적인 침묵이 있었다. 이는 침입자가 그

---

* 로마에서 서남쪽으로 약 20킬로미터 떨어진 고대 로마의 외항으로 로마가 처음으로 점령한 해안 지역이다.

시간에는 어떤 생명체도 당당하게 돌아다니지 않아야 한다는 사실을 알고 있는 것처럼 말이다.

밤은 또한 해가 지는 순간부터 수탉의 울음소리가 들리기 시작하고 마치 새벽을 앞당겨 맞이하게 하려는 수탉의 울음에 고마워해야 한다. 수탉의 울음소리, 개 짖는 소리, 정오의 곤충 윙윙거리는 소리는 자연이 건강하고 건전하다는 것을 말해 준다. 세상에서 가장 완벽한 예술인 언어의 변치 않는 아름다움과 정확성은 그 소리를 천 년의 끝로 다시 다듬는다.

나른하고 졸린 시간이 길어지면서, 마침내 우리 귀에는 어떤 소리도 들리지 않았다.

신화가 우리에게 건네는 말

현대의 과학과 예술이 아무리 기발하고 독창적이어도 나한테는 원시적이고 단순한 형태의 사냥과 낚시, 농사만큼 큰 영향을 미치지 못한다. 이것들은 해와 달, 바람이 추구하고 인간의 능력과 공존하면서 발명된 고대부터 이어온 존귀한 기술이다. 우리는 누가 요하네스 구텐베르크*인지, 누가 리처드 아크라이트**인지 모르지만 시인들이 이 기술을 배우고 가르쳤을 것이다.

영국의 시인 가워는 말한다. "성경에서 말하듯이, 아이다헬***

---

* 독일의 근대 활판 인쇄술의 발명자다.
** 영국의 발명가로, 수력을 이용한 방적기를 발명했다.
*** 구약 성경의 창세기 인물로, 야발이라고도 불린다.

은 처음으로 그물을 만들어 물고기를 잡았다. 지금은 많은 곳에서 행해지는 몰이사냥을 좋아했다. 처음으로 천으로 천막을 만들고, 끈과 말뚝으로 세웠다." 또한 영국의 수도사이자 시인인 리드게이트는 다음과 같이 말했다. "이야기 속에서 이아손이 처음으로 콜코스로 향하는 배를 탔다고 한다. 황금 양털을 얻기 위해, 세레스 여신*은 처음으로 땅을 갈아 농사짓는 법을 발견했다. 또한 아리스타이오스**는 처음으로 우유와 커드***, 달콤한 꿀 사용법을 발견했다. 페리오데스는 큰 이익을 위해 부싯돌로 불을 지피고, 뿌리 깊은 불꽃을 일으켰다."

아리스타이오스가 주피터와 넵튠****으로부터 많은 인간을 사망에 이르게 하는 지독한 삼복더위를 바람으로 식혀주도록 허락받았다는 사실을 우리는 알고 있다. 이것은 언제 부여된 지 모르는 인간에게 베푼 혜택 중 하나이며 우리가 일반적으로 사용하는 시간의 개념으로는 기록되어 있지 않지만, 꿈속에서 유사한 혜택을 발견할 수 있다. 꿈속에서는 구속되지 않고 습관에서 어느 정도 벗어나 있기 때문에 더 자유롭고 공정하게 우리가 역사라고 부르는 기억에서 벗어날 수 있다.

---

* 　로마 신화에 등장하는 곡물의 여신이다.
** 　아폴론과 키레네의 아들로, 양봉, 올리브 재배, 치즈 제조 등 축산과 낙농을 주관한다.
*** 　치즈를 만드는 과정에서 나오는 덩어리진 우유다.
**** 　그리스의 포세이돈을 말한다.

한 우화에 따르면 전염병으로 인해 아이기나섬의 인구가 줄자, 아이아코스*의 요청으로 넵튠은 섬의 개미를 인간으로 변화시켰다. 이는 개미처럼 비참하게 사는 사람들이 생겼다는 의미다. 아마도 우리가 알고 있는 초기 시대의 가장 완벽한 역사일 것이다.

우리의 상상력을 충족시키고 자연스럽고 진실하게 구성된 이 우화는 야생화처럼 신비롭고 아름답지만, 지혜로운 사람은 이를 교훈으로 생각하고 진지하게 받아들이려고 한다. 주酒신 바커스가 티레니아의 뱃사람들을 미치게 만들어 그들이 바다를 꽃으로 가득한 초원으로 착각해 바다로 뛰어들게 만들어 돌고래가 되었다는 이야기를 읽을 때, 우리는 이 이야기의 역사적 사실 여부보다는 그 속에 담긴 상징적 의미에 더 많은 가치를 둔다. 우화를 읽을 때는 마치 생각을 음악으로 듣는다고 생각하기 때문에 이야기가 잘 이해되지 않아도 크게 신경 쓰지 않는다. 자신의 아름다움을 사랑한 나르키소스와 엔디미온의 이야기, 모든 유망한 젊은이들을 대표하는 요절한 아침의 아들 멤논 이야기, 그리고 페이톤의 아름다운 이야기와 묻히지 않은 사람들의 뼈로 섬이 하얗게 빛나는 사이렌의 섬에 대한 이야기를 생각해 보라. 또한 판**, 프로메테우스, 스핑크스, 그리고 시빌***, 에우메니데스, 파

---

*   그리스 신화에서 섬나라인 아이기나의 전설적인 왕이다.

**   그리스 신화에 등장하는 신으로 반인반수이며 자연, 목축, 목동의 신이다.

르케, 그레이스, 뮤즈, 네메시스와 같은 신화 속 인물들은 고유 명사에서 보통 명사가 되어 우리의 일상에 널리 퍼져 있다.

시간적으로나 공간적으로 멀리 떨어져 있는 세대나 국가가 고대 우화의 아름다움이나 진실을 완전히 이해하지 못하면서도 우화를 큰 거부감 없이 받아들이는 것을 보면 아주 흥미롭다. 과학 단체들의 투표라는 보잘것없는 방식에 의해서지만, 우둔한 후손들도 신화에 어떤 특성을 서서히 추가하고 있다. 최근에 발견된 행성을 천문학자들이 넵튠이라고 부르거나, 황금시대가 끝날 무렵 지구에서 하늘로 쫓겨난 처녀가 아스트레아라는 소행성이 되었다고 말하는 것처럼, 시적인 가치를 인정하는 작은 행위도 의미가 있다. 이런 식으로 신화는 처음부터 작은 이야기에서 시작하여 서서히 성장했다. 그 세대의 동화는 바로 원시 종족의 동화였다. 동쪽에서 서쪽으로, 다시 서쪽에서 동쪽으로 이동하며 음유시인들의 '신성한 이야기'로 확장되었다가 지금은 대중적인 운문으로 축소되었다. 이는 인간이 오래도록 찾으려 했지만, 실패한 보편적 언어에 대한 접근이다. 가장 최근의 후손이 가장 오래된 진리의 표현을 약간씩 수정하며 반복했다는 사실은 공통의 인류애를 보여 주는 가장 뚜렷한 증거라 할 수 있다.

어떤 측면에서 보면, 신화는 단순히 아주 오래된 역사이자 전

＊＊＊　그리스와 로마 신화에서 예언을 하는 여사제로, 신들로부터 영감을 받아 미래를 예언했다고 한다.

기라고 할 수 있다. 일반적인 의미에서 거짓이나 허구가 아닌, 나와 너, 여기와 저기, 현재와 과거가 생략된 채 지속적이고 본질적인 진실만을 담고 있다. 오랜 시간과 인간의 보기 드문 지혜만이 신화를 만들어 낸다. 인쇄술이 발명되기 전에는 한 세기가 천 년과 같았다. 하지만 오늘날의 시인은 후손의 도움 없이도 순수한 신화를 쓸 수 있다. 예를 들어, 고대 그리스인이라면 연인 사이인 프랑스의 아벨라르와 엘로이즈*의 이야기를 우리의 고전 사전에 한 문장으로만 기록했겠지만 그들의 이름이 하늘의 어느 구석에서 빛을 발할 수 있게 했을 것이다. 반면, 현대의 우리는 전기와 역사의 원재료, 즉 '역사를 위한 회고록'만 수집하는데 그 자체가 신화를 쓰기 위한 자료일 뿐이다. 만약 값싼 인쇄술이 발달한 시대에 프로메테우스의 생애와 업적이 기록되었다면 얼마나 많은 책이 만들어졌겠는가? 콜럼버스의 이야기가 이아손의 아르고호 원정대 이야기와 혼동되어 어떤 형태가 되었을지 누가 알겠는가? 그리고 미국 건국의 아버지 프랭클린이 이룬 업적이 미래의 고전 사전에서 이렇게 쓰일 수도 있을 것이다. "아무개와 아무개의 아들. 미국의 독립에 기여하고 인류에게 경제학을 가르쳤으며, 하늘에서 전기를 가져왔다."

신화에는 단순한 이야기를 넘는 어떤 의미가 숨겨져 있다. 그

---

* 아벨라르는 중세 프랑스를 대표하는 철학자이자 성직자이며 엘로이즈는 중세 프랑스의 수녀원장이자 저술가다.

러나 시와 역사에 평행하게 흐르는 윤리적 가치는 신화에 담긴 다양한 보편적인 진리만큼 놀랍지 않다. 단순히 살과 피만 걸치고 있으면서 더 오래되고 더 보편적인 진리의 뼈대를 갖추고 있는 듯한 태도를 취한다. 이는 태양이나 바람, 바다를 우리 시대의 특정한 생각만을 나타내는 상징으로 만들려고 하는 것과 같다. 그렇다면 신화는 어떤가? 신화는 초인적인 지성이 인간의 무의식적인 생각과 꿈을 상형 문자로 사용하여 아직 태어나지 않은 인간에게 말을 건넨다. 인간 정신의 역사에서 붉게 타오르는 신화는 마치 오로라가 태양의 광선 앞에 나타나는 것처럼, 인간의 생각보다 앞서 있다. 시인의 성숙한 지성은 철학의 눈부심보다 앞서가며 항상 이 오로라와 같은 분위기 속에 살아 있다.

그리스의 자유분방한 신들에게 나를 맡기다

⋮

일부 사람들은 우리가 평생 그의 잘못을 납득시키려고 해도 스스로 절대 인정하지 않는데, 차라리 과학적 진보가 천천히 이루어지는 게 자연스러운 현상이라고 위안 삼아야 할 것 같다. 그의 자손들은 납득시킬 수 있을 것이다. 지질학자들은 화석이 유기물이라는 것을 증명하는 데 100년이 걸렸고, 노아의 홍수와 관련이 없다는 것을 입증하는 데는 150년이 넘게 걸렸다고 한다. 잘은 모르겠지만, 나는 미국의 신보다는 그리스의 자유분방한 신들에게 나를 맡기고 싶다. 여호와에게는 새로운 속성이 있어서 절대적이고 우리가 접근할 수 없지만, 주피터보다 더 신성하지는 않다. 여호와는 신사도 아니고, 은혜롭고 관대하지도 않으며 그리스인의 신처럼 자연을 다정하고 자애롭게 대하지도 않는다. 나는 무한한 힘과 굽히지 않는 정의를 두려워하며 아직 완전히 신성화되지 않아 죽을 수도 있는 존재가 더 두렵다. 화해를 시켜 줄 여동생 주노, 아폴로, 비너스 또는 미네르바도 없기에 완전히 남성적이다. 그리스의 젊은 신들은 잘못을 저지르고 타락했으며 인간의 악덕을 지니고 있지만, 많은 중요한 면에서 본질적으로 신성한 종족이다. 나의 신전에 있는 목신牧神은 여전히 붉은 얼굴, 흐르는 듯한 수염, 털북숭이 몸, 피리와 구부러진 지팡이, 정령 에코, 그리고 그가 선택한 딸 이암베*와 함께 변함없는 영광을 누리고 있다. 이 위대한 목신은 소문처럼 죽지 않았다. 신은 죽지 않는 법. 아마도 뉴잉글랜드와 고대 그리스의 모든 신 중에서 나는 그의 신전에서 가장 흔들림이 없다.

문명국가에서 일반적으로 숭배받는 신은 이름만 신성할 뿐, 전혀 신성한 존재가 아니다. 인류의 압도적인 권위와 존경심을 합친 것뿐이다. 인간은 서로를 존경하지만, 아직 신은 경외하지 않는다. 내가 그리스도교 국가들에 대해 편견 없이 공평하게 말할 수 있다면, 그들을 칭찬할 수는 있을 것이다. 하지만 그건 너무 힘든 일이다. 그 국가들이 가장 예의 바르고 인간적인 것 같지만 나의 착각일 수 있기 때문이다. 모든 민족에게는 각자의 상황에 맞는 신이 있다, 소시에테 제도에는 토아히투라는 신이 있는데, '개 형상을 하고 있으며 바위와 나무에서 떨어질 위험에 처

---

* 트라키아의 여인으로, 다산의 신 판과 산의 요정 에코의 딸이다.

한 사람들을 구했다'고 전해진다. 하지만 우리에게 그런 신은 필요하지 않을 것 같다. 이 섬사람 중 누군가는 나무 조각으로 즉석에서 간단하게 신을 만들 수 있지만, 그 신이 그의 정신을 나가게 할 수도 있다.

세상에는 수없이 많은 신념이 존재하고 그중에는 믿기 어려운 것들도 있다. 그러니 우리가 놀라거나 두려워할 이유가 있을까? 사람이 믿는 것은 신도 믿는다. 나는 오랫동안 살아오면서 습관적으로 신성 모독을 하는 사람을 많이 보았지만, 직접적이고 의식적으로 신성 모독적이거나 불경한 행동을 하는 걸 본 적은 없다. 자신을 만드신 분에게 직접적으로 불경을 범하는 사람이 어디 있겠는가?

이 시대 고대 신화에 추가할 만한 건 그리스도교에 관한 이야기다. 수많은 세월 동안 얼마나 많은 사람의 노력과 눈물, 피로 짜인 이야기가 인류의 신화에 추가되었겠는가? 그리스도교 신화는 단순한 이야기 그 이상으로 많은 희생과 노력이 담긴 중요한 문화적 요소임을 강조한다. 새로운 프로메테우스다. 이 신화는 경이로운 공감 그리고 인내와 끈기로 인류의 기억에 뚜렷이 남았는가! 마치 여호와를 폐위하고 그 자리에 그리스도에게 왕관을 씌우는 게 우리 신화의 진행 과정인 것처럼 보인다.

우리가 사는 삶이 비극적이라고 말하지 않는다면 달리 어떻게 말해야 할지 모르겠다. 예수 그리스도의 생애와 같은 이야기, 말하자면 예루살렘의 역사는 보편사의 일부라고 할 수 있다. 예루살렘의 황량한 언덕에서 미라가 된 채 묻히지 않은 그의 죽음을 생각해 보라. 이탈리아 시인 타소의 시에서 나는 어떤 달콤한 무언가가 묻혀 있다고 믿는다. 여전히 그리스도교를 전파하는 끈질긴 집념을 보이는 사람들을 생각해 보라. 그리스도교에 시간과 공간, 1800년이라는 세월과 새로운 세상이 우리와 무슨 상관이 있는가? 한 유대인 목자의 겸손한 삶이 뉴욕의 주교를 어찌 그토록 편협하게 만들 수 있을까? 왕의 선물인 마흔네 개의 등불이 지금 성묘 교회라 불리는 곳에서 타오르고 있고 교회 종소리가 울리고 있으며, 갈보리 산에서 한 순례자가 일주일 내내 무의미한 눈물을 흘리고 있다. "예루살렘아, 예루살렘아, 내가 그대를 잊을 때 내 오른손이 그 교활함을 잊게 하라." "우리는 바벨론 물가에 앉아서 시온을 생각하며 울었노라."

교회나 사원에 가지 않아도 붓다나 그리스도, 스웨덴보리*에 가깝고 소중한 존재가 될 수 있다고 나는 믿는다. 그리스도 생애의 아름다움과 중요성을 이해하기 위해서는 꼭 기독교인이 아니어도 된다. 나는 어떤 사람들이 나의 붓다 옆에 그들의 그리스도가 명명되는 것을 듣고 나를 불편하게 여길 거라고 생각하지만, 그들이 붓다보다 그들의 그리스도를 더 사랑해야 한다고 확신한다. 왜냐하면 사랑이 가장 중요하고 나도 그를 좋아하기 때문이

---

* 스웨덴의 신학자이자 과학자로 심령 체험 후 과학적 방법의 한계를 깨닫고 신비주의 신학자로 활약했다.

다. Ku와 Khu 모두 하느님을 지칭하는 글자다.* 왜 기독교인들
은 여전히 편협함에서 벗어나지 못하고 미신에 사로잡혀 있는
건가? 요나가 배를 구하기 위해 자신을 배 밖으로 던지라고 말했
지만, 순수한 선원들은 그를 던지지 않았다.

이 세상에 극장이 있다는 게 왠지 어색하다. 영국의 시인 마이
클 드레이튼은 이 세상에 살면서 시인이 되기 위해서는 '용감하
고 초월적인 것'과 '훌륭한 광기'가 시인의 뇌를 지배해야 한다고
생각했다. 물론 그도 그러한 능력이 있었을 것이다. 영국의 문필
가 새뮤얼 존슨이 "나의 삶은 30년간의 기적이었으며, 이는 역
사가 아니라 한 편의 시와 같다."라고 말한 토머스 브라운 경에게
경이로움을 표한 것은 과도한 칭찬이라고 할 수 있다. 오히려 놀
라운 건 모든 사람이 그렇게 주장하지 않는다는 사실이다. 누군가
가 영국의 극작가 프랜시스 보몬트에게 "관객이 그의 비극에 공
감했다."라고 말했다면, 그것이야말로 아주 드문 찬사일 것이다.

이 세상이 얼마나 비천하고 끔찍한 곳인지 생각해 보라. 우리
는 여기서 살아가기 위해 거의 항상 등불을 켜야 한다. 인생의 절
반을 그렇게 살아간다. 정말 그렇다면 누가 그런 삶을 살고 싶겠
는가? 그리고 또 얼마나 더 많은 낮을 바쳐야 하는가? 겨울에 짠
맑고 순수한 기름으로 더 밝게 타는 등불을 통해 우리는 덜 방해
받고 게으름을 누릴 수 있다. 약간의 햇빛과 프리즘 색조라는 뇌

---

* 여러 모습의 하느님을 의미한다.

물을 받고, 창조주를 축복하고 찬송함으로써 그분의 진노를 피한다.

확신하건대 나와 대화하는 사람들은 대부분, 심지어 독창성과 천재성을 지닌 자들조차 그들이 짜 놓은 세계관은 너무 잘고 메말라서 듣기에 너무 건조해서 타버릴 것 같고, 그 기둥은 썩어 문드러져서 먼지가 되어 버릴 것 같다. 그들은 짧은 교제 동안에도 나와 그들 사이에 그것을 세워 놓는다. 판자가 거의 다 떨어져 나가고 틀은 낡아서 너덜너덜한데도 말이다. 그들은 안전하다고 생각되지 않으면 행동하지 않는다. 자신들이 편안하게 느끼는 고정된 세계관을 버리지 못하는 것이다. 예를 들어, 성부, 성자, 성령과 같은 나에게는 전혀 중요하지 않고 실체가 없다고 생각되는 것들이 그들에게는 영원한 언덕과 같이 고정되어 있다. 나는 여러 곳을 다니며 열심히 찾아보았지만, 권위의 흔적을 전혀 발견하지 못했다. 그것들은 내 난로의 석탄 위에 찍힌 지질 시대의 섬세한 꽃처럼 뚜렷한 흔적을 남기지 않았다. 진정으로 현명한 사람은 어떠한 교리도 설파하지 않는다. 특별한 계획도 없으며 그가 올려다보는 하늘에는 서까래는 물론, 거미줄 같은 것도 보이지 않는다.

하늘이 맑게 보인다. 다른 때보다 더 선명하게 보인다면 내가 더 선명한 매체를 통해 보기 때문이다. 땅에서 하늘을 보고, 거기에 여전히 고정된 오래된 유대인의 세계관을 보아라! 내가 당신을 이해하고 당신이 나를 이해하는 데 당신에게 이 장애물을 세울 권리가 있는가! 그것은 당신이 만든 것이 아니라 단지 당신에게 부여된 것뿐이다. 자신의 권위를 생각해 보라. 우리는 그리스도조차도 그의 틀, 즉 전통을 따르는 틀을 갖고 있어서 그의 가르침을 손상시켰을 뿐이다. 그는 모든 신앙을 삼키지 않았다. 단순한 교리를 설교한 것뿐이다. 나에게 아브라함, 이삭, 야곱은 이제 아침 하늘을 더럽히지 않을 실제가 아닌 상상할 수 있는 미묘한 본질일 뿐이다. 당신의 틀은 우주를 담을 수 있어야 하며 그렇지 않다면 모든 틀은 곧 무너져 내릴 것이다.

완전한 하느님은 자신의 계시에서 당신과 선지자들이 말하는 것과 같이 하나의 명제를 명백하게 말한 적이 없다. 당신은 천국의 알파벳을 배웠으니, 이제는 셋까지도 셀 수 있는가? 당신은 하느님의 가족이 몇 명인지 알고 있는가? 당신은 신비를 말로 표현할 수 있는가? 당신은 말로 표현할 수 없는 것을 이야기할 텐가? 당신은 도대체 하늘의 지형에 대해 말하는 어떤 지리학자인가? 하나님의 성품을 말하는 당신은 누구의 벗인가? 마일스 하워드 씨, 당신은 그분이 당신을 친구로 삼으셨다고 생각하는가? 달에 있는 산맥의 높이나 우주의 지름에 얼마인지 말한다면 나는 당신을 믿을지 모르지만, 전능하신 분의 비밀 역사에 대해 말한다면 나는 당신을 미쳤다고 공개적으로 말할 것이다. 그러나 타히티섬 사람들이 자신의 가족사를 가지고 있는 것처럼, 우리에게는 우리 하느님에 대한 가족사가 있다. 어떤 옛 시인의 웅장한 상상력이 우리에게 철석같은 영원한 진리인 하나님의 말씀으로 강

요되고 있다! 피타고라스는 "하나님에 관한 진실한 진술이나 주장은 그 자체로 하나님의 의지나 본질을 나타낸다."라고 말했지만, 문헌에서 이런 사례가 있는지는 의심스럽다.

종교를 향한 정의로운 불복종

예전에 뉴햄프셔의 언덕을 올라가고 있는데 교회당 마구간으로 가없은 짐승을 끌고 가는 목사에게 질책을 들은 적이 있다. 안식일에 참된 말씀을 듣기 위해 교회에 가지 않고 산꼭대기로 발걸음을 옮겼다는 이유였다. 사실 나는 진정한 말을 듣기 위해서는 더 멀리도 갈 용의가 있었다. 그는 내게 "주님의 네 번째 계명을 어겼다."고 말하고 나서, 안식일에 일할 때 어떤 재앙을 닥칠지에 대해 엄숙한 어조로 일장 연설을 늘어놓았다. 그는 정말로 이날, 하느님이 세속적인 일을 하는 사람들을 혼내주기 위해 감시하고 있다고 생각했고, 안식일을 지키는 것이 사람들의 쓸데없는 양심 때문이라는 건 미처 모르고 있었다. 이 나라는 이러한 미신으로 가득 차 있기 때문에 교회는 마을에 들어가면 실제로

170

뿐만 아니라 연상해도 가장 추한 건물처럼 보인다. 교회 안에서는 인간의 본성이 가장 낮고 가장 수치스러워지기 때문이다. 물론 이런 성전은 진작 그런 모습을 보이지 말았어야 한다. 안식일에 낯선 마을의 거리를 걷고 있는데 성직자라는 사람이 배의 갑판 위 선원처럼 다짜고짜 고함치는 걸 듣는 것보다 더 실망스럽고 역겨운 일은 없다. 남자들이 더운 날 힘든 일을 하려고 할 때처럼 그가 외투를 벗었으면 좋겠다고 나는 생각한다.

　내가 미들섹스의 목사에게 일요일에 강단에서 설교하게 해달라고 요청한다면, 그는 내가 자기 방식대로 기도하지 않거나 안수를 받지 않았다는 이유로 거절할 것이다. 태양 아래 어떻게 이런 일이 일어날 수 있단 말인가.

　정말이지 나는 오늘날 기도하고 안식일을 지키고 교회를 재건하는 것만큼 더 큰 불신앙은 없다고 생각한다. 남태평양의 고래잡이 선원이 더 진실한 교리를 말한다. 교회는 인간의 영혼을 위한 일종의 병원인데, 육체를 고치는 병원만큼이나 돌팔이로 가득 차 있다. 그곳에 가면 화창한 날씨에 밖에 나란히 앉아서 햇볕을 쬐고 있는 종교적인 불구자들을 볼 수 있다. 그들은 요양원이나 은퇴 선원 시설의 연금 생활자처럼 생활한다. 영혼이 건강한 사람이라면 언젠가 그곳에서 병동을 차지할지도 모른다는 불안감 때문에 긍정적인 활동을 이어가려고 노력할 것이다. 사지를 헤매는 병자들을 생각하면서 환자의 병실을 자신의 목표로 삼는 일은 없어야 한다.

나는 이런 식의 탑 숭배가 정말 싫다. 마치 힌두교 지하 사원에서 울리는 징 소리 같다. 어두운 지하 감옥 같은 곳에서는 설교자의 말이 뿌리를 내리고 자랄지 모르지만, 내가 아는 한, 이 세상 어느 곳에서도 대낮에는 그렇지 않다. 지금 순간에도 저 멀리서 안식일의 종소리가 울려 퍼지고 있다. 이 소리는 즐거운 연상을 일깨우는 것이 아니라 우울함과 침울함을 연상케 한다. 사람들은 어쩔 수 없이 하던 일을 그만두고 명상 속에 빠져든다. 이것은 수많은 교리 문답과 종교 서적과 다를 게 없다. 마치 이집트의 신전에서 시작한 소리가 파라오 궁전과 모세의 바로 맞은편 나일 강변을 따라 메아리치며 햇볕을 쬐는 수많은 황새와 악어 떼를 놀라게 하는 것과 같다.

어디를 가도 "선한 자는 물러나 피정하라."라고 외쳐 대고, 그 외침이 퍼져 순수한 이에게도 이른다. 하지만 물러서지 말고 앞으로 나아가야 한다. 현재 기독교는 바라기만 할 뿐이다. 버드나무에 수금을 매달았지만, 이방인의 땅에서는 노래를 부르지 못한다. 슬픈 꿈을 꿨지만, 아직 기쁨으로 아침을 맞이하지 못한다. 어머니는 자식에게 거짓을 말하지만, 다행히도 아이들은 부모의 그늘에서 자라지 않는다. 우리 어머니의 믿음은 직접 겪으며 키워온 것이다. 힘든 일을 몸소 겪으며 살아온 어머니로서 인생이 주는 교훈이 너무 어려워 깨우치기가 쉽지 않았다.

놀랍게도 이 세상 모든 연설가와 작가는 하느님의 인격을 증명하거나 인정하는 것이 그들에게 주어진 의무라고 생각한다.

브리지워터 백작은 늦더라도 하는 것이 안 하는 것보다는 낫다고 생각하여 자신의 유언장에 이를 언급했다. 하지만 안타깝게도 그것은 착오였다. 농업 관련 서적을 읽다 보면 곳곳에서 저자의 도덕적 성찰과 '섭리'와 '그분'이라는 단어를 접하게 되는데, 우리는 이 단어들을 뛰어넘어야 저자가 말하고자 하는 유익한 내용에 도달할 수 있다. 우리가 종교라고 부르는 것에서 대부분 고약한 냄새가 나기 때문이다. 저자는 자신의 더러운 상처가 완전히 아물 때까지 드러내지 않고 덮어두어야 한다는 사실을 알아야 한다. 종교에 과학이 들어 있는 경우보다 과학에 더 많은 종교가 들어 있는 경우가 더 많다. 돼지조사위원회의 보고서를 서둘러 작성해야 하는 편이 더 나을 것이다.*

사람이 믿는 신앙은 그의 신조에 포함되어 있지 않으며, 그의 신조 역시 신앙의 목록에 없다. 실제로 신앙에 대한 신념이 채택된 적이 없다. 이것이 그로 하여금 항상 웃을 수 있고 당당하게 살아갈 수 있게 하는 힘인데도 말이다. 하지만 그는 물에 빠져 지푸라기라도 잡으려는 사람처럼 자신의 신조를 놓지 않는다. 자기가 내린 신조라는 닻이 바닥에 닿지 않았을 뿐, 나중에는 그것이 분명 큰 도움이 되리라 생각한다.

---

* 기독교나 이슬람교에서는 돼지를 유해하거나 부정한 동물로 취급하지만 실제는 그렇지 않다고 한다. 여기서 소로는 실용적인 정보의 중요성을 강조한다.

대부분의 종교에서 신과 인간을 연결하는 탯줄이어야 할 신념은 실론의 추종자들이 미네르바 신전에서 나갈 때 손에 들고 있던 끈과 같이 다른 한쪽은 여신상에 매여 있다.

"어떤 선하고 경건한 사람이 묵상의 품에 머리를 기대고 깊은 명상에 빠져 있었다. 그가 명상에서 깨어났을 때 친구 한 명이 농담 삼아 말하길, '자네가 재현하고 있는 그 정원에서 어떤 귀한 선물이라도 가져왔나?' 그가 대답하되, '나는 자신에게 장미 꽃밭에 도착하면 그 꽃을 무릎에 가득 채워서 친구들에게 선물로 가져다주겠노라고 했네. 하지만 그곳에 도착하자 장미 향기에 취해 손으로 옷자락을 올릴 수가 없었다네' 오 새벽의 새여! 나방에게서 따뜻한 애정을 배우라. 그 생물체는 불에 타면서도 신음 소리 하나 내지 않았으니! 새벽의 새여! 이 헛된 가면을 쓴 자들은 자신이 찾는 이가 누구인지 모른다. 그를 알았던 자도 그에 대해 다시 듣지 못했다. 오 그대여! 추측과 의견, 이해의 계단 위에 우뚝 솟아 있는 그대여! 우리가 당신에 대한 것은 모두 듣고 읽었노라. 회합은 끝나고 인생은 끝났으나, 우리는 그대를 처음 환대한 그곳에서 여전히 편히 쉬고 있노라."

— 사디Sadi

적어도 하루에 한 번은 주도적인 삶을 살 것

책은 사고방식과 생활 방식에 큰 영향을 미치기 때문에 마음을 진실하고 맑게 해 주는 책을 읽어야 한다. 통계나 뉴스, 보고서나 잡지, 그리고 소설 같은 것은 읽지 말고, 오로지 위대한 시를 읽어야 한다. 시가 많지 않을 때는 되풀이해서 읽거나 직접 자주 써 보는 것도 좋다. 많이 쓰는 게 우리의 독서 선택에 가치가 있을 것이다. 우리는 신에게 다른 제물 대신 매일 찬송과 시를 바침으로써 우리의 '온전한^{τελεία}' 생각을 전할 수 있다. 적어도 하루에 한 번은 주도적인 삶을 살아야 한다. 하루가 종일 대낮만 있을 필요는 없지만, 적어도 하루에 한 시간은 필요하다. 최고의 책을 먼저 읽어야 한다. 그렇지 않으면 진정한 책을 읽을 기회가 아예 없을 수도 있다.

물론 우리 자신을 늘 어린아이처럼 달래 주고 즐겁게 해 주어야 할 필요는 없다. 피곤함 때문에 읽기 편한 소설에 의지하는 사람은 차라리 낮잠을 자는 편이 낫다. 위대한 생각의 진정한 가치를 알기 위해서는 그 생각이 도달하는 지점에서 바라보아야 한다. 우리에게 가치 없는 즐거움을 주는 책이 아니라 사상이 대담해서 게으른 사람은 읽을 수 없고 소심한 사람은 흥미를 느끼지 못하며 심지어 기존 제도에서는 읽는 이를 위험하게 만드는 책, 그런 책을 나는 좋은 책이라고 생각한다.

인쇄되고 제본되었다고 해서 모두 책이 아니며 모든 책에 진정한 문학적 가치가 있는 것이 아니다. 단순히 문명화된 삶의 다른 사치품이나 부속물로 여겨질 수 있다. 저급한 책들은 다양한 모습으로 둔갑하여 소비자들에게 팔린다. 한 행상인은 내게 말했다. "조건만 맞으면 얼른 팔아 치워야 합니다."

종이 값이 싸졌기 때문에 이제 작가들은 다른 책을 쓰기 위해 예전 책의 내용을 지울 필요가 없다. 그들은 밀과 감자를 재배하기 위해 땅을 경작하는 대신 문학을 경작하여 학문의 공화국에서 자신들의 자리를 차지한다. 다른 작가들은 실제로 브랜디로 증류할 곡물을 재배하는 것처럼 단지 명성을 얻기 위해 글을 쓰기도 한다. 대부분의 책은 실제 또는 상상의 욕구를 충족시키기 위해 의도적으로 급하게 쓰인다. 자연사를 다룬 책들은 일반적으로 서기에 의해 급조된 경우가 대부분이며 신의 일정표나 신이 소유한 재산 목록이 되는 것을 목표로 한다. 이런 책들은 자연에 대한 신성한 견해가 아니라 대중적인 견해, 즉 표면적인 접근 방식만 가르침으로써 성실한 학생들을 교수들이 늘 빠져있는 딜레마 속으로 인도한다.

실제로 그 책들은 지식의 요소가 아닌 무지의 요소를 가르친다. 최고 진리의 관점에서 볼 때, 초보적인 지식과 무지를 구별하기는 쉽지 않다. 지식과 무지 사이에는 과학이라는 도구로 절대 메울 수 없는 큰 간극이 있다. 많은 경우에 교육은 참된 지식을 전달하지 못하고 피상적인 이해에 그친다. 책에는 순수한 발견, 즉 육지를 벗어나 본 적이 없는 사람들이 쓴 항해술이 아니라, 난파된 배의 선원들이 육지를 발견한 것 같은 그런 순수함이 담겨 있어야 한다. 저자가 밀과 감자를 생산하는 것이 아니라 결실 자체가 저자의 삶에서 자연스레 수확된 것이어야 한다.

우리는 학술적인 책보다는 진실하고 인간적인 책, 솔직하고 정직한 전기에서 많은 것을 배운다. 선한 사람의 삶이 약탈자의 삶보다 우리를 더 발전시킬 수 있다고 말할 수 없다. 필연의 법칙은 규칙을 따르는 자에 못지않게 이를 위반하는 자에게도 명백히 나타나며 우리의 삶은 거의 동등한 가치의 덕에 의해 유지되기 때문이다. 썩어가는 나무는 살아 있는 동안에는 다른 초록의 나무 못지않게 햇빛과 바람, 비가 필요하다. 바람과 비는 수액을 분비하고 건강의 기능을 수행한다. 원한다면 겉재목에 대해 연구해도 좋다. 울퉁불퉁한 그루터기가 많은 나무에도 묘목만큼이나 연한 새싹이 돋는다.

우리에게는 건강한 책 몇 권, 튼튼한 써레와 깨지지 않는 주방 화덕 하나 정도는 있어야 한다. 시인은 공적인 번영을 위해서만 눈물을 흘리지 않아야 한다. 봄에 열매도 맺지 못하고 상처를 치유하기 위해 피 흘리며 죽어가는 포도나무가 아니라 골짜기 옆에서 자신의 푸르름을 유지할 만큼의 수액을 가진 단풍나무처럼 활기차게 살아가야 한다. 시인은 곰이나 땅다람쥐처럼 겨우내 발톱을 빨고 지낼 수 있을 만큼 살이 찐 사람이다. 세상을 등지고 겨울잠을 자면서 자신의 골수를 먹고 산다. 우리는 겨울에 눈 덮인 목초지를 걸으며 잔디 밑에 누워있는 행복한 몽상가들, 두꺼운 털로 둘러싸여 추위에도 끄떡없이 겨울잠을 자는 생물에 대해 생각하는 것을 좋아한다. 아아, 어떤 의미에서는 시인 역시 주변 상황에 무감각한 채 깊은 생각에 잠긴 일종의 겨울잠쥐에 불과하다. 그의 말은 가장 오래되고 가장 훌륭한 기억에 관한 이야기며 아득히 먼 경험에서 이끌어 낸 지혜다. 그러나 다른 사람들은 굶주린 삶을 살며 매처럼 날갯짓을 멈추지 않고 언젠가 참새를 잡을 걸 기대하고 산다.

우리에게는 이미 이 땅에서 자란 에세이와 시가 있다. 그것들은 절대 헛되지 않으며 우리가 가진 상자의 서랍 속에 편하게 보관할 수 있다. 만약 신들의 영감이 헛되이 퍼졌다면 대중 속에서 무시될 수 있었지만, 그렇지 않았기에 진실의 말이 하늘에서와 마찬가지로 마침내 땅에서도 들리게 되었다. 에세이와 시는 태어난 지 얼마 되지 않아도 아주 오래된 듯한 인상을 준다. 시인들은 말한다.

> 우리 인생의 빛이 될 것을 요구하라,
> 영원하고 진실하며 명료한 통찰력을 위해.

나는 모래 제방에 뿌리를 내리고도 흐트러짐이 없는 고향 목초지의 사초처럼 솟아나는 몇 개의 문장을 떠올리며 시인의 기도에 응답한다.

> 우리가 아주 공정하게 지식의 가치를 매겨
> 세상이 시인의 문장을 신뢰할 수 있게 하여
> 모든 예술이 자신에게 아첨하는 것이라고
> 계속해서 주장하는 일이 없도록 하자.

매끄러운 글쓰기가 지닌 매력에 대해서는 이미 충분히 말했다. 일부 천재적인 작품의 내용은 그럴싸하지만, 일관성이 없고 흐름이 매끄럽지 못하다는 평을 듣는다. 그러나 과학의 눈으로 보면 지평선에 있는 산봉우리도 한 산맥의 일부일 뿐이다. 생각의 흐름은 굽이치는 강물이라기보다는 바다의 파도와 같아서 단순히 불규칙한 물줄기가 아닌 천체의 영향에 의한 결과라는 점을 알아야 한다. 강물은 언덕을 타고 내려오기 때문에 아래로 흐르고, 내려갈수록 더 빠르게 흐른다. 독자는 여행 내내 강을 따라 천천히 떠내려가기를 기대하기 때문에 자신의 작은 배가 바다의 파도 속에서 비틀거릴 때 파도와 물결에 멀미가 난다고 불평할 것이다. 바다는 해와 달의 작은 흐름에 영향을 받기 때문이다.

그러나 우리가 이런 책에 담긴 흐름을 진정으로 이해하려면 페이지마다 날숨을 내쉬고 맷돌처럼 우리의 비판적 두뇌를 씻어내어 우리 자신보다 더 높은 차원으로 흘러가는 것을 느껴야 한다. 많은 책이 신선한 물결처럼 파문을 일으키고 둑길 아래를 빨아들이는 밀물처럼 유려하게 흐르며 저자가 담론의 만조 속에 있을 때 피타고라스, 플라톤, 이암블리코스*가 그 옆에서 멈춰 선다. 그들의 길고 끈적끈적한 문장들은 일관성 있고 자연스럽게 흐르다가 합쳐진다. 마치 군인이나 사업가들을 위해 쓰인 것처럼 읽히는데 그 안에는 엄청난 신속함이 있기 때문이다. 이에 비하면 고고한 사상가들과 철학자들은 아직 포대기를 벗지 못한 것처럼 보인다. 선두가 떠난 자리에 후미가 다시 야영하는 로마군의 행진보다도 느리다. 현명한 이암블리코스 물이 많은 웅덩이처럼 소용돌이치고 반짝거린다.

준비된 작가는 펜을 잡고 외친다. "진격 앞으로!" 알라모**와 패닝***! 그리고 전쟁의 물결이 몰아친다. 벽과 담장이 움직이는

---

*   아시리아 태생의 철학자로 신플라톤주의의 기초 위에서 철학과 신비학의 새로운 결합을 시도했다.
** 알라모 요새를 말하며, 1836년 멕시코군에 포위되어 미국인 187명이 전멸했다.

것처럼 보인다. 그러나 걸음이 아무리 빨라도 흐름이 아니기 때문에 적어도 독자인 당신과 나는 따라가지 않을 것이다.

실제로 완벽하게 건강한 글은 극히 드물다. 우리는 색조와 향기를 자주 놓친다. 마치 우리가 색이 없는 아침이나 저녁의 이슬과 푸르지 않은 하늘을 보고도 만족하는 것과 같다. 가장 매력적인 글은 지혜로운 글이 아니라 머뭇거림 없는 솔직한 글일 것이다. 명확하고 확신에 찬 어조로 표현된 문장들은 지혜롭지 않더라도 확실한 내용을 전달한다.

월터 롤리 경*의 글쓰기 기법은 수많은 대가 사이에서도 뛰어나다는 점에서 연구할 만한 가치가 충분히 있다. 그의 문체에는 자연스러운 강약이 있어서 마치 사람의 발걸음처럼 느껴지고, 문장 사이에는 숨 쉴 공간이 있다. 현대의 작가들에게서 찾아볼 수 없는 여유가 있다. 문단 사이에 영국의 공원이 있다. 그보다 큰 나무들이 작은 나무들을 억눌러 생긴 공간은 말을 타고 달릴 수 있는 서양의 숲과 같다. 그가 활동한 시대의 모든 뛰어난 작가들은 현대 작가들보다 더 큰 활력과 자연스러움을 지니고 있다. 우리 시대를 비방하는 것 같지만, 그들의 글을 현대 작가들 사이에서 읽으면 갑자기 더 푸른 땅, 더 깊고 강한 토양에 온 것 같은

✳✳✳   텍사스 혁명 동안 텍사스 군대에서 복무한 미국의 군인으로 골리아드에서 멕시코 군대에 항복했다.

✳   영국의 군인, 탐험가, 시인이며 아일랜드 반란을 진압한 공으로 기사 작위를 받았다.

느낌이 든다. 마치 글 위에 푸른 나뭇가지가 놓여 있는 것처럼, 그리고 한겨울이나 초봄의 싱그러운 풀을 보는 것처럼 마음이 상쾌해진다.

그들의 글을 읽으면 삶과 체험을 보장받을 수 있다. 짧은 글에는 많은 것이 함축되어 있다. 문장들은 사실과 경험에 뿌리를 두고 있기 때문에 상록수와 꽃처럼 푸르고 싱그럽다. 반면, 우리의 거짓되고 화려한 문장은 수액이나 뿌리도 없이 꽃의 색조만 있을 뿐이다. 사람들은 간결한 말의 아름다움에 가장 매료되는데 이를 흉내 내기 위해 화려한 문체로 글을 쓰기도 한다. 그들은 그 풍성함에 미치지 못할 바에는 오해를 받는 것을 더 낫다고 생각한다. 오스만 제국의 고위 관료인 후세인 에펜디는 이브라힘 파샤*가 프랑스 여행가 보타에게 보낸 서신의 스타일을 "이해하기 어렵다."고 말하면서도 "지다**에서 파샤의 글을 제대로 이해할 수 있는 사람은 이 세상에서 찾기 힘들 것이다."라고 극찬했다.

잘 해낸 작은 일 하나로 인해 삶 전체가 좋게 평가받을 수 있다. 그것이 삶의 순수한 결과다. 모든 글은 오랜 단련의 결과물이다. 우리는 표준 영어를 어디에서 찾아야 할까? 당연히 표준적인 글을 쓰는 사람에게서 찾아야 한다. 가장 잘 표현된 말은 하지 않은 말에 가깝다. 왜냐하면 그 말은 행위로 더 잘 표현될 수 있기

---

*   19세기 오스만 제국의 중요한 군사 지도자이자 정치인이다.
**   사우디아라비아의 주요 항구 동시로 상업의 중심지다.

때문이다. 그것은 본래 어떤 긴급한 상황이나 불행으로 인해 행동을 대신하게 되었을 것이므로 결국 진정한 작가는 포로로 잡힌 기사와 같은 셈이다. 그리고 어쩌면 운명은 이런 계획을 세우고 있었을지도 모른다. 롤리 경에게 삶과 경험의 본질을 충분히 저장시키고 그를 포로로 삼은 다음, 그의 말을 행동으로 만들고 그의 진실한 행동을 그의 방식대로 표현하게 한 것이다.

사람들은 자신의 삶에 별로 도움이 되지 않는데도 학문과 배움에 큰 존경심을 갖는다. 왕실과 귀족에게 즐거움을 주기 위해 "고대와 탄탄한 학문에 근거를 두어야 한다."는 벤 존슨*의 말은 우리를 미소 짓게 만든다. 유용하지 않은 학문보다 더 큰 모욕이 있을까? 적어도 장작 패는 법은 배워야 한다. 학자들은 노동의 필요성과 많은 사람이나 사물과의 소통은 잘 어울리지 않다고 생각한다. 하지만 주의를 집중시키기 위해서는 손으로 꾸준히 노동하는 건 말과 글 모두에서 헛소리와 감상벽을 없애는 가장 확실한 방법이다. 아침부터 밤까지 열심히 일했다면 비록 그 시간 동안 생각의 흐름을 주시하지 못한 게 아쉬울 수 있다. 그러나 저녁에 하루의 경험을 단 몇 줄이라도 적을 때 자유롭지만 한가로운 공상에 불과한 글보다 더 진실하고 생생한 글이 나올 것이다. 작가는 노동자의 세계를 다루어야 하므로 그 자신도 노동자가

---

*   17세기 영국의 극작가, 시인으로 셰익스피어와 함께 영국 르네상스의 중요한 문인으로 평가받고 있다.

되기 위한 훈련을 해야 한다.

겨울철에 나무꾼은 서둘러 일을 마쳐야 해가 지기 전에 집에 돌아올 수 있기 때문에, 나무를 베고 묶는 일을 하다가 한가로이 춤을 추지는 않을 것이다. 그가 나무 패는 소리는 숲에 차분하게 울려 퍼질 것이며 저녁에 하루의 이야기를 기록하는 작가의 펜을 통해 도끼의 메아리가 사라진 후에도 독자의 귀에 경쾌하고 생생하게 남아 있을 것이다. 작가는 손바닥의 굳은살을 통해 더 단단한 진실을 쓴다고 확신할 수 있다. 실제로 육체의 에너지가 뒷받침되지 않으면 정신은 결코 위대하고 성공적인 결실을 기대할 수 없다. 우리는 글쓰기에 익숙지 않은 노동을 주로 하는 사람이 힘 있고 정밀한 스타일에 빠르게 도달하는 것을 보면 감탄하지 않을 수 없다. 진실함, 담백함, 성실함과 활기는 학교보다 농장과 작업장에서 더 잘 습득되는 것처럼 보인다. 그런 거친 손으로 쓴 문장은 굳센 가죽끈, 사슴의 힘줄, 소나무 뿌리처럼 질기고 탄탄하기 마련이다.

표현의 우아함에 대해 말하자면 위대한 생각은 절대 허름한 옷에서 발견되지 않는다. 비록 아프리카 월로프족의 입에서 나온 말이라 하더라도 생각이 훌륭하다면 뮤즈의 아홉 여신과 미의 세 여신이 힘을 합해 그 말에 적절한 옷을 입혀줄 것이다. 위대한 생각에 대한 교육은 언제나 자유로웠고, 그것은 대학이 세워지는 데 크게 기여했다. 그리스인들이 아름다움이라고 불렀던 세계는 어울리지 않은 모든 장식을 점차 제거함으로써 현재 우리가 알고 있는 모습이 되었다. 예언자인 시빌이 수 세기 동안 인간의 기억에 남아 있는 건 신에게 영감을 받은 입으로 미소 없이, 장식 없이, 향기 없이 말했기 때문이다.

학자는 농부가 소를 부르는 소리를 듣고 적절하게 강조하는 방법을 배워야 하며 그 소리가 글로 쓰인다면 학자의 공들인 글보다 뛰어날 거라는 점을 인정해야 한다. 과연 누구의 글이 진정으로 공들인 글일까? 우리는 정치인과 문인의 이 빈약하고 얄팍한 문장에서 벗어나 한 달간의 노동에 대한 단순한 기록에 관심을 기울임으로써 우리의 정신과 기운을 되찾을 수 있다. 농부가 땅을 갈 때 끝까지 깊고 곧은 고랑을 만드는 것처럼 작가는 시작부터 끝까지 일관성 있고 힘 있는 글을 써야 한다. 그의 생각에 자극을 주기 위해서는 힘들고 진지한 노동이 필요하다. 그러면 펜을 단단히 쥐고 도끼나 칼처럼 우아하고 효과적으로 휘두르는 법을 알게 될 것이다.

문인들이 키와 체격 면에서는 자신의 종족 평균에 달하고 체격도 모자라지 않은데도 불구하고 그들이 쓴 글이 약하고 무기력한 것을 볼 때 그들이 신체적 잠재력을 제대로 활용하지 못한 것에 대해 나는 놀라움을 금치 못한다. 와! 저들의 체격 좀 봐. 저런 체격에서 저렇게 나약한 글이 나오다니! 황소를 쓰러뜨릴 수 있는 손이 여인의 손가락으로도 쉽게 만들 수 있는 저런 약한 물건을 만들었다니! 이것이 등에 골수가 있고 발뒤꿈치에 아킬레스건이 있는 건장한 남자가 할 일이 맞는가? 스톤헨지의 구조물을 세운 이들은 한 번만 힘을 썼을 뿐인데 온 힘을 다했기 때문에 그 일을 해낼 수 있었다.

아주 드물게, 값어치가 없어 보이지만 일종의 소박한 진실과 자연스러움이 깃들어 있는 책들이 있다. 정서가 고결하거나 표현이 세련되지 않을 수 있지만, 소박한 시골의 이야기가 담겨 있다. 독자가 그곳에 머물 수 있다면 책에서도 소박함은 집에서 같이 미덕이 될 수 있다. 그것은 아름다움에 버금가는 매우 높은 예술의 경지다. 어떤 책은 이런 좋은 것들로 꽉 차 있다.

학자들은 대부분 자신의 친숙한 경험을 우아하게 표현하지 못한다. 그들 중 극소수만 자연에 대해 진실하게 말할 뿐이다. 그들은 어떤 식으로든 자연의 겸손함을 뛰어넘는 호의를 베풀지 못한다. 자연에 좋은 말을 하지도 않는다. 대부분은 말하기보다 소리 지르고 꼬집으면서 자연을 느끼려고 한다. 나무꾼이 숲에서 도끼를 휘두르듯 무관심하게 숲에 대해 말하는 것이 자연 애호가가 뛰어난 말솜씨로 열정적으로 떠들어대는 것보다 낫다. 강가의 앵초가 노란색이면 노란 앵초 그 자체일 뿐 그 이상일 필요가 없다.

대부분의 저자는 한 주제에 대해 이전에 글을 쓴 사람들에게만 자문을 구하기 때문에 그들의 책은 수많은 사람의 조언에 불과하다. 그러나 좋은 책은 앞서 언급되지 않은 주제를 다루며 어떤 의미에서 주제 자체가 새로운 것이다. 저자는 자연과 상의함으로써 앞서간 사람들뿐만 아니라 앞으로 올 사람들과도 상의한다. 어떤 주제에 관한 진정한 책을 쓸 충분한 여지와 기회는 항상 있으며, 밝은 날에도 더 많은 빛이 비칠 여지가 충분하다. 그러나 그 빛은 기존의 빛을 방해하지 않는다.

우정이라는 영광스러운 단어

우정은 누구에게나 시간이 지나면 덧없이 사라지는, 지난 여름철 번쩍이는 번개처럼 희미하게 기억된다. 여름철 구름처럼 아름답지만, 순식간에 지나가 버린다. 하지만 4월에 소나기가 내려도 심지어 기나긴 가뭄에도 남아 있다. 그 흔적은 사라지지 않고 대기 중에 떠다닌다. 마치 식물이 다양한 재료로 쓰이는 것처럼 우정은 해와 달처럼 오래되고 친숙한 모습으로 다시 올 것이 확실하지만, 항상 같은 모습은 아니다. 이러한 법칙 때문에 많은 초목처럼 다양한 모습을 하고 우리에게 찾아온다. 우리의 마음은 항상 새로운 경험에 미숙하며 이러한 마음속에서 우정은 마법처럼 조용히 다가온다. 가장 고요하고 맑은 날의 밝고 부드러운 구름처럼 절대 실망시키지 않고 절대 속이지 않는 순수한 환영으로 나타난다.

친구는 태평양 바다에 떠 있는 야자수 섬처럼 뱃사람의 눈을 피해 숨어 있다. 그래서 우리는 춘분의 강풍과 산호초 등 많은 위험을 이겨 내야 진정한 친구를 찾을 수 있다. 하지만 대서양의 파도를 넘어 폭풍을 뚫고 어떤 유럽인이 물러나 사는 신비한 해안으로 항해하지 않을 사람이 있겠는가? 상상력은 여전히 희미한 아틀란티데스Atlantides*의 신비로운 이야기에 집착한다.

아틀란티데스

플레게톤강**보다 더 밝고, 더 낮게

억눌린 사랑의 시냇물이 흐른다.

우리를 바다처럼

아틀라스의 신비로움으로 섬을 만든다.

어떤 선원도 우리의 해안을 찾지 못하고

우리 중 아무도 전설적인 해안에 도달하지 못했다.

초록빛 파도만 떠다닐 뿐

이제는 신기루조차 거의 보이지 않는다.

* 거인의 신 아틀라스와 바다의 신 오케아노의 딸 플레이오네 사이에 태어난 일곱 자매를 일컫는다.

** 그리스 신화에서 등장하는 강 중 하나로 지하 세계를 흐르며 불타는 강 혹은 불의 강이라 불린다.

하지만 여전히 가장 오래된 지도에는

우리 섬의 윤곽이 점선으로 표시되어 있다.

고대에는 한여름 날

서쪽 섬을 바라보면,

테네리페와 아조레스 제도에 이르는

우리의 희미하고 구름 같은 해안이 보인다.

그러나 황량한 섬들이여, 아직 가라앉지 마라.

곧 너희의 해안은 상업의 미소로 가득하리라.

그리고 아프리카나 말라바르*보다

더 풍부한 화물을 제공할 것이다.

소문만 무성하고 아무도 밟지 않은 해안이여,

아름답고 영원히 비옥하라.

군주와 제후 중에

누가 가장 먼저 그대의 땅으로 부하를 보낼 것인가.

그리고 먼 땅을 자기 땅이라고 부르기 위해

왕관을 걸고 맹세할 것이다.

콜럼버스는 나침반이 이끄는 대로 섬의 서쪽을 항해했지만,

---

*   인도 남서 해안 지역 해안 지역을 말한다.

그도 그의 후계자들도 이 섬을 발견하지 못했다. 우리는 플라톤보다 더 가까이 가지 못했다. 이 신대륙에 대한 열렬한 탐구자이자 희망에 찬 발견자는 항상 그 시대의 변두리를 맴돌며 밀집된 군중 속에서 방해받지 않고 곧바로 나아간다.

> 그는 바다의 끝과 굳건한 땅의 끝에서
> 오랫동안 진정한 친구를 찾는다.
> 바다와 육지는 그의 이웃이자
> 노고의 동반자일 뿐.
> 많은 사람이 내륙 깊숙이 살고 있지만
> 그는 홀로 해안가에 앉아 있네.
> 사람을 생각하든 책을 생각하든
> 항상 바다를 바라보고
> 항상 바다 소식을 읽고
> 사소한 시선에도 귀를 기울이고
> 뺨에 스치는 바닷바람을 느끼며
> 육지 사람들의 말 한마디 한마디를 듣고
> 모든 동반자의 눈으로
> 항해하는 배를 바라보네.
> 먼 항구에 있는 그는
> 바다의 음침한 포효 소리에서
> 먼 해안의 난파선 소리를,

그리고 지난 세월의 모험담을 듣는다.

사막의 다드몰* 기둥 사이로 평원을 걷지 않을 자 누구인가? 지상에는 우정을 맺어 주는 어떤 제도도 없고 가르침을 주는 어떤 종교도 없으며 그 어떤 경전에도 우정에 관한 가르침은 없다. 사원은 고사하고 고독한 기둥 하나 없다. 그곳에 사람이 살고 있다는 소문은 있지만 난파한 선원들은 해안에서 어떠한 발자국도 보지 못했다. 사냥꾼들이 도자기 파편과 주민들의 기념비만 발견했다.

그러나 우리는 적어도 사회적인 존재다. 우리의 길은 갈라지지 않았지만, 운명의 거미줄이 메워지면서 우리는 점점 더 가운데로 끌려간다. 인간은 미약하지만 자연스럽게 이 연합을 추구하며 행동으로 이를 어렴풋이 알린다. 우리는 다른 점이 아닌 같은 점에 중점을 두는 경향이 있으며 외부 물질의 경우 어느 정도의 따뜻함이 있는 건 인정하지만, 그것을 벗어나는 건 받아들이려고 하지 않는다.

맹자가 말했다. "새나 개를 잃어버리면 다시 찾는 방법을 알고 있지만, 마음의 정을 잃어버리면 다시 찾는 방법을 모른다. 실천 철학의 의무는 오로지 우리가 잃어버린 마음의 정서를 찾는 데

---

*   시리아 팔미라의 고대 이름으로, 솔로몬 왕이 오아시스에 세운 비옥한 도시로 알려져 있다.

있다. 그것이 전부다."

가끔 한두 사람이 나를 찾아오는데, 이들과 사귈 수 있을 것 같은 생각이 어렴풋이 든다. 그 사람들은 완전히 침묵하면서 내가 채를 들 때까지 수금의 줄을 튕기지 않는다. 그들이 꿈꾸는 땅에서 한 마디라도 말하거나 들을 수 있으면 좋으련만! 그들은 은은하게 말하며 자신을 드러내지 않는다. 그들은 한 가지 소식을 들었다. 누구에게도, 심지어 그들 자신에게도 전할 수 없는 소식이다. 그것은 바로 그들이 다양한 방식으로 지니고 다닐 수 있는 재산이다. 그런데 그들은 무엇을 찾으러 여기에 온 걸까?

사람들의 입에 가장 많이 오르내리는 단어는 우정이며 실제로 사람들은 우정을 열망한다. 모든 사람이 우정을 꿈꾸지만, 항상 비극으로 끝이 나는 드라마가 날마다 연출된다. 우정은 우주의 신비와 같다. 당신이 마을을 누비고 나라를 여기저기 돌아다녀도 아무도 우정에 대해 말하지 않을 것이다. 그러나 우정에 대한 생각만은 어디서나 분주하다. 이와 관련된 생각은 남자와 여자, 그리고 많은 고대 사람들에 대한 우리의 행동에 영향을 미친다. 그런데 문헌을 샅샅이 뒤져 봐도 이 주제에 관한 글은 두세 편밖에 없다.

우리가 신화, 아라비안나이트, 셰익스피어, 스콧의 소설을 읽고 즐거워하는 건 당연하다. 우리 자신이 시인, 우화 작가, 극작가, 소설가이기 때문이다. 우리는 그 어떤 글보다 더 흥미로운 드라마의 한 배역을 계속해서 연기한다. 우리는 언제나 친구가 우리의 친구, 우리가 친구의 친구가 되기를 꿈꾼다. 그렇지만 실제로 우리의 친구는 우리가 약속한 사람들과 멀리 떨어져 있을 뿐이다. 우리는 우리의 마음속에서 거의 습관적으로 떠오르는 말을 친구와 세 마디 이상 나눈 적이 없다. "나의 사랑하는 친구여!"라고 말할 준비를 하지만, 정작 인사할 때는 "빌어먹을 놈!"이라고 말한다. 그러나 두려워하지 마라. 약한 마음으로는 절대 진정한 친구를 얻지 못한다. 오 나의 친구여, 그대가 나의 친구가 될 때 나도 그대의 친구가 될 수 있기를 바란다.

우정을 위해 할애할 시간이 없다면, 다시 말해 중요하지 않은 의무와 관계 때문에 우정이 뒷전으로 밀린다면 아무리 우호적인 성향을 지녔다 한들 무슨 소용이 있겠는가? 우정이 처음이고 마지막이다. 그러나 우리가 친구를 잊는 것이 불가능하듯 우리의 이상에 응답하게 만드는 것도 역시 불가능하다. 실제로 우리는 친구와 작별 인사를 하고 나서야 친구와 함께하기 시작한다. 우리는 얼마나 자주 이상적인 친구를 만나기 위해 지금의 친구에게 등을 돌렸는가? 내가 누군가의 친구가 될 만한 자격을 갖춘다면 얼마나 좋을까.

우리가 흔히 우정이라는 이름으로 영광스럽게 부르는 건 실제로는 그다지 심오하지 않고 강력한 본능이 아니다. 어차피 인간은 친구를 진정으로 사랑하지 않는다. 나는 농부들이 서로에 대한 우정으로 뛰어난 예언자가 되고 미친 듯이 지혜로워지는 것을 본 적이 없다. 서로 만나 사랑으로 더 아름다워지거나 다른 모습으로 바뀌는 것도 거의 보지 못했다. 사랑에 의해 정화되고 고양되는 것을 한 번도 본 적이 없다. 나무 가격을 조금 깎아주거나, 마을의 대표 투표에서 이웃에게 표를 주거나, 사과 한 상자를 주거나, 마차를 자주 빌려주는 것은 드문 우정의 사례로 여겨진다. 농부의 아내도 우정에 헌신하는 삶을 살지 않는다. 남녀를 막론하고 세상과 맞설 준비가 되어 있는 친구를 보지 못했다.

역사상 두세 쌍만 있을 정도로 극히 드물다. 어떤 사람이 누군가를 친구라고 말한다면, 이는 대체로 그가 적이 아니라는 의미일 뿐 그 이상이 아니다. 대부분의 사람은 친구가 필요할 때 재산, 영향력, 조언 등으로 도울 수 있는 우연하고 사소한 이익만을 고려한다. 그러나 이러한 이익만 기대하는 사람은 진정한 우정의 이점을 보지 못하거나, 그런 관계에 대한 경험이 전혀 없는 사람이다. 우정의 본질적인 가치 측면에서 내가 필요할 때 친구가 제공하는 재산, 영향력, 조언 등과 같은 도움은 아주 단편적이고 하찮은 것이다.

친구와 단순히 조화롭게 사는 것, 친구에게 단순히 친절을 베푸는 것만으로는 충분하지 않다. 우리는 친구와 단순히 조화롭게 사는 것이 아니라 아름다운 선율과 곡조 속에서 살아가기 때문이다. 우리는 대부분 어리석게도 사람을 다른 사람과 혼동한다. 아둔한 사람은 오직 인종이나 국가, 또는 기껏해야 계층만을 구별하지만, 지혜로운 사람은 개인을 구별할 줄 안다. 친구에게는 한 사람의 독특한 성격이 모든 특징과 행동에서 나타나며, 이는 친구에 의해 드러나고 개선된다.

우정은 사람을 정직하게 만들고 영웅으로 만들며 성자로 만들어 준다. 공정한 사람이 공정하게 대하고, 너그러운 사람이 너그럽게 대하고 성실한 사람이 성실하게 대하며 인간다운 사람이 인간답게 대하는 법이다.

박애주의자, 정치가, 가정주부들의 개혁 대상인 모든 남용은 우정 속에서 자연스럽게 고쳐진다. 친구는 우리에게서 모든 미덕을 기대하며 끊임없이 칭찬을 아끼지 않고 우리 안에 있는 미덕을 알아볼 수 있는 사람이다. 진실을 말하기 위해서는 말하는 이와 듣는 이, 두 사람 모두가 필요하다. 나무와 돌을 대하면서 어떻게 관대함을 발휘할 수 있겠는가? 우리가 거짓되고 정직하지 못한 사람들만 상대한다면 결국 진실을 말하는 법을 잊어버리게 될 것이다. 연인들이 진실의 가치를 매우 귀중하고 고귀하게 여기지만, 상인은 값싼 정직함을, 이웃과 지인은 값싼 예의를 중요하게 생각한다.

우리는 누군가를 사랑하게 될 때가 있다. 이때 상대방과 최상의 것을 주고받으면서 진정한 관계를 유지하려고 노력한다. 두 사람이 서로 진실하게 대화하고 소통할 때 서로 간에 진정한 사랑이 생겨날 수 있으며 서로 진실하게 대우하고 신뢰할수록 우리의 삶이 신성하고 기적적으로 되어 우리의 이상에 부응한다. 우리는 일상적인 상호 교제에서 어떤 예언서도 예상하지 못한 감정적인 순간을 경험할 수 있다. 이러한 경험은 흔한 일상적인 경험을 넘어 큰 영적 차원으로 우리를 인도한다. 고프스타운의 평범한 날에 올 수 있는, 이 사랑이라는 놀라운 감정이 어느 신에 견주어 부족함이 있겠는가? 사랑은 옛 세계의 자리를 차지하고 보통 사람들의 눈에 우주 먼지가 쌓인 것처럼 보일 때에도 아름답고 신선하게 존재한다. 사랑이 영감을 준 말보다 더 기억에 남고 반복할 만한 가치가 있는 말이 또 있을까? 그런 말이 나왔다는 것 자체가 놀랍다. 실제로는 아주 드물지만, 사랑의 말은 음악의 선율처럼 끊임없이 반복되고 기억에 의해 변조된다. 하지만 다른 모든 말은 마음을 치장한 벽토와 함께 무너진다. 우리는 감히 그런 말을 큰 소리로 반복해서는 안 된다. 우리는 항상 그런 말을 들을 수 있을 만한 자격을 갖추지 못했기 때문이다.

젊은이를 주된 대상으로 하는 책을 보면 친구에 관한 내용이 많이 등장하는데, 이는 친구에 대해 진정으로 할 말이 없기 때문이다. 여기서 친구는 단지 동료와 친지를 의미할 뿐이다. "적과 친구의 상반된 관계는 하느님에게서 비롯된 것이다."라는 사실을 알아야 한다. 우정은 서로에게 호감을 느끼는 사람들 사이에서 생기는 지극히 자연스럽고 필연적인 결과다. 어떤 일이나 출세를 위해 이용하는 도구가 아니다. 처음에 우정은 말을 통한 소통이나 표현보다는 서로의 존재와 함께하는 침묵 속에서 형성된다. 접붙인 새싹이 한참이 지나야 잎을 내듯, 시간이 지나야 서로에게 깊은 이해와 지지를 표할 수 있는 진정한 친구 관계가 싹틀 수 있다. 우정은 당사자들이 어떤 역할을 할 필요가 없는 드라마다. 그런 측면에서 볼 때 우리는 모두 이슬람교도이자 운명론자이다. 조급하고 불확실한 연인들은 친절한 말과 행동을 해야 하고, 절대 냉담하게 굴어서는 안 된다고 생각한다. 그러나 진정한 친구는 자신이 하지 않으면 안 된다고 생각하는 행동을 하지 않고 마땅히 해야 할 행동을 할 뿐이다. 그에게는 우정조차도 숭고한 삶의 한 현상일 뿐이다.

진실하고 절망하지 않는 사람은 친구에게 이렇게 말할 거다.

"나는 그대를 사랑하게 해달라고 요청한 적이 없다. 나는 그대만의 사적이고 개인적인 존재로서가 아니라 내가 발견한 보편적이고 사랑할 만한 가치 있는 존재로서 그대를 사랑한다. 오, 내가 그대를 어떻게 생각하는지 보라! 그대는 순전히 선하고, 무한히 선한 존재다. 나는 그대를 영원히 믿을 수 있다. 나는 인간이 그렇게까지 풍요롭다고는 생각하지 않았다. 내게 함께 살아갈 기회를 달라."

"그대는 허구 속의 사실이요, 허구보다 더 기이하고 경탄할 만한 진실이다. 자신의 있는 그대로의 모습에 만족하라. 나만은 그대의 길을 막아서지 않을 것이다."

"이것이 내가 바라는 것이다. 우리의 영혼이 친밀한 것처럼 그대와 친밀해지고, 내가 나의 이상을 존중하는 것처럼 그대를 존중할 것이다. 그리고 말이나 행동, 심지어 생각으로도 서로를 모독하지 않기를 바란다. 그냥 단지 알고 지내는 관계는 필요 없다."

"내가 그대를 알게 되었는데, 어떻게 내게서 자신을 숨길 수 있겠는가?"

진정한 친구는 서로를 경건하게 생각하고 서로의 명예를 존중하며, 어떠한 대가도 바라지 않는다. 서로의 희망을 소중히 여기고 서로의 꿈에 관대하다.

시인은 "우정이 우월한 이유는 탁월함을 부여하기 때문이다."라고 말한다. 그러나 우리는 결코 친구를 무조건 칭찬하거나 칭찬할 만하다고 여기거나 친구가 어떤 행동으로 우리를 기쁘게 할 수 있다고 생각하거나 우리를 충분히 잘 대할 수 있다고 생각하도록 만들어서는 안 된다. 다른 곳에서 좋은 평판을 받는 친절이 우정의 관계에서는 좋지 않을 수 있으며 친구에게 가장 모욕적인 것은 본능적이지 않고 의도적으로 보여 주는 친절이다.

어쨌든 우정은 완벽하게 대등 관계에서 생겨난다. 서로에게 공정하고 평등한 태도를 취해야 한다. 그래서 귀족은 하인 친구를 가질 수 없고, 왕은 신하 친구를 가질 수 없다. 양 당사자가 모든 면에서 같아야 한다는 의미가 아니라 우정을 존중하거나 영향을 미치는 모든 면에서 대등해야 한다는 의미다. 한 사람의 사랑은 다른 사람의 사랑과 정확히 균형을 이루어 표현되어야 한다. 인간 개개인은 단지 꿀을 담는 그릇에 불과하며, 정수압 역설*이 사랑의 법칙을 잘 설명해 준다. 사랑은 모든 사람의 가슴

✻   바닥 면적이 같고 액체의 높이가 같으면, 용기의 모양에 관계없이 바닥에 작용하는 압력이 동일하다는 원리다.

에서 동일한 수준으로 존재하며 심지어 아주 가느다란 물기둥도 바다와 균형을 이룰 수 있다.

공자는 "자신보다 낫지 않은 사람과 절대로 우정을 맺지 말라." 라고 말했다. 우정의 장점은 당사자들의 실제 인격보다 더 높은 수준에서 이루어진다는 것이다. 빛의 광선이 곡선으로 우리에게 다가오기 때문에 우리가 만나는 모든 사람은 실제보다 더 커 보일 수 있다. 그 바탕에는 정중함이 있다. 나의 친구는 내가 소중히 여기는 생각에 부합하는 사람이다. 내가 없을 때 더 고귀하고 중요한 일을 하고 있다고 생각하며 그가 나를 위해 시간을 쓸 때 다른 더 고귀한 활동에 들여야 할 시간을 내게 할애했다고 생각한다.

내가 친구에게서 받는 가장 심한 모욕은 친구가 잘못을 저질렀을 때 전혀 부끄러워하지 않고 오래되고 값싼 친분에서나 있을 법한 방식의 친근한 어조로 나를 대하는 것이다. 당신도 친구가 당신의 연약함을 용서함으로써 우정의 발전에 장애물이 생기지 않도록 조심해야 한다. 친구와 충분히 만족스러운 시간을 가져도 그와의 관계에서 갈등이 생기거나 어떤 이유로 서로를 모독하는 상황이 생겼을 때는 한층 더 고결한 친밀감을 위해 한 발 뒤로 물러나 혼자서 고독과 침묵의 시간을 갖는 것이 필요하다. 침묵은 깊은 뿌리를 내리게 하는 향기로운 밤과 같아서 친구와의 교류에서 서로의 진심을 불러일으키게 할 것이다.

우정은 단순히 이해관계로 형성되지 않는다. 우정은 끊임없이 증명이 필요한 기적이다. 가장 순수한 상상력과 가장 드문 믿음에 대한 연습이기도 하다. 우정은 이렇게 무언의 말을 한다. "나는 당신이 상상하는 만큼 당신과 친밀해질 것이며 당신도 그렇게 믿을 것이다. 나는 나의 전 재산인 진실을 당신에게 바치겠다." 그러면 친구는 자신의 본성과 삶을 통해 무언의 응답을 하고 나서, 정중하게 예의를 갖추고 나를 대할 것이다. 그는 말 그대로 나에 대해 속속들이 알고 있다. 사랑의 표시를 요구하지 않지만, 자연스럽게 드러나는 특징으로 사랑을 구별할 수 있다. 그가 찾아왔을 때 지나치게 격식을 차릴 필요가 없다.

내가 초대할 때까지 기다리지 말고 당신이 내게 와서 기뻐하는 나의 모습을 관찰하라. 당신의 방문을 요청하면 당신이 너무 부담스러워할 수 있기 때문이다. 내 친구가 사는 곳에는 모든 부와 모든 매력이 있으며 친구와 나 사이에는 어떤 사소한 장애물도 없다. 내가 말하지 않아도 될 것을 당신에게 말하는 일이 없도록 하라. 우리의 교제가 전적으로 우리 위에 있게 하고, 우리를 그곳으로 끌어올리도록 하라.

우정의 언어는 단어가 아니라 의미다. 우정은 언어 그 이상의 지성이다. 사람들은 친구와의 끝없는 대화 속에서 혀가 풀리고 망설임 없이 자신의 생각을 말한다고 하지만, 내 경험에 비추어 보면 그렇지 않다. 그저 단순히 아는 사이라면 모든 상황에 대비하여 몇 마디씩 준비해 두지만, 그 숨결에 생각과 의미가 담겨 있는 사람에게 그 어떤 하찮은 말을 하겠는가? 여행을 떠나는 친구에게 작별 인사를 하러 간다고 가정해 보자. 악수하는 것 외에 어떤 다른 외적 표현을 할 수 있겠는가? 이때를 대비하여 준비해 둔 것이 있는가? 그의 주머니에 넣어 줄 연고 한 통? 그를 통해 전달할 특별한 서신? 예전에 잊어버리고 미처 하지 못한 말? 아니다. 당신이 친구의 손을 잡고 작별을 고하는 것이 전부다. 당신은 그마저도 생략할 수 있다. 이미 관례적으로 행해지는 경우가 대부분이기 때문이다.

친구가 떠나야 하는데 그렇지 못하고 한동안 머뭇거리며 발을 떼지 못하는 모습을 보면 너무나 안타깝다. 그가 가야 한다면 빨리 보내 줘라. 마지막으로 할 말이 있는가? 아아, 그것은 당신이 오랫동안 찾았지만 찾지 못한 말일 뿐이다. 아직도 어떻게 말을 시작해야 할지도 모를 것이다. 내가 진심으로 이름을 부를 만한 사람은 거의 없다. 이름을 부른다는 건 그 이름을 가진 개인을 인정하는 것이기 때문이다. 나의 이름을 정확히 발음할 수 있는 사람만이 나를 부를 수 있고, 나의 사랑과 보살핌을 받을 자격이 있다. 그렇지만 '거리 두기'는 사랑하는 사람을 자유롭게 하고 방임하는 것이다. 진정한 사랑은 서로의 부정적인 면을 억제하고, 긍정적이고 조화로운 관계를 유지하려는 노력에서 나오기 때문이다.

사랑의 폭력성은 증오의 폭력성만큼이나 무섭다. 사랑이 지속될 때는 차분하고 한결같다. 우리가 잘 알고 있는 사랑의 고통도 사랑이 식으면서 시작되는데, 사람들은 기꺼이 연인이 되고 싶어 하지만 실제로는 진정한 사랑을 하는 경우가 극히 드물기 때문이다. 우정은 값싸고 열정적인 사랑 없이도 지킬 수 있다. 진정한 우정은 부드러우면서도 지혜롭다. 우정의 당사자들은 사랑의 인도에 암묵적으로 따르며 다른 법이나 친절은 알지 못한다. 참된 우정은 과장되거나 미칠 정도는 아니지만, 앞으로 확립되어 고정된 관념으로 받아들여질 것이다. 그것은 그 어느 것보다 진실하고 공정하며, 시간이 지나도 부끄럽지 않고 거짓으로 판명되지 않는다. 여름과 겨울이 번갈아 찾아오는 온대 지방에서 가장 잘 자라는 식물과 같다.

친구는 꼭 필요한 존재이며 친숙한 땅에서 만날 수 있다. 그는 카펫이나 쿠션이 아닌 땅과 바위에 앉아 자연의 원초적인 법칙에 순종한다. 친구와는 어떤 외침도 없이 만나고 큰 슬픔도 없이 헤어진다. 진정한 우정에는 전사가 중요하게 여기는 특성이 내포되어 있다. 사람의 마음을 열기 위해서는 성문을 여는 것만큼의 용맹함이 필요하다. 우정에는 단순한 동정과 상호 위로가 아닌, 열망과 노력의 영웅적인 공감이 있어야 한다.

우정은 우리가 생각하는 만큼 친절하지 않다. 사실 그 안에는 인간의 피가 많지 않다. 전기처럼 공기를 정화하지만, 인간의 성취, 기독교적 의무, 박애주의 같은 것은 경시한다. 무엇보다 순수하고 본능에 충실한 두 사람의 관계라고 할지라도 심각한 비극이 생길 수 있다. 우정은 자유롭고 무책임하며 모든 미덕을 대가 없이 실천하기 때문에 친구와의 관계는 이교도적인 관계라

할 수 있다. 단순한 동정 이상의 순수하고 고상한 관계이고 태곳적부터 내려온 신성한 교류이며 자신을 기억하면서 인간의 하찮은 권리와 의무를 무시하는 것을 주저하지 않는다. 우정은 완전하고 깨끗한 신과 같은 자질을 요구하며 겸손과 아주 먼 미래에 대한 기대에 의해서만 존재한다. 그런 것이 실제로 존재하는지 모르겠지만, 우리는 아름다움과 선함을 동시에 갖춘 것을 사랑한다. 자연은 열매가 맺히기 전에 꽃을 피우지, 열매가 맺힌 뒤에 꽃받침만 자라게 하지 않는다. 친구가 이교도와 미신에서 벗어나 우상을 깨뜨리고 새로운 성서의 교훈으로 거듭날 때, 신화를 잊고 친구를 기독교인처럼 대할 때, 우정은 우정이 아닌 자선이 되고 만다. 지금은 이것이 자선 단체의 설립 원칙이 되어 구호소와 빈민 사이에 새로운 관계가 수립되고 있다.

어떤 사람이 사랑받아 마땅하다고 판단되면, 그가 아닌 다른 이에게 진심을 내어 주어서는 안 된다. 우정은 숫자로 표시되지 않으며 친구는 손가락으로 셀 수 있는 대상이 아니다. 진정으로 이 유대에 포함되는 사람이 많을수록 그들을 묶는 사랑의 질은 더 고귀하고 신성해질 것이다. 나는 두 사람 사이만큼이나 사적이고 친밀한 관계가 세 사람 사이에서도 유지될 수 있다고 믿는다. 실제로 우리는 무한히 많은 친구를 가질 수 없지만 친구들이 가지고 있는 좋은 미덕을 어느 정도 우리의 것으로 만들 수 있다. 천박한 우정은 좁고 배타적인 경향이 있지만 고귀한 우정은 배타적이지 않다. 이와 같이 넘쳐흐르고 분배되는 사랑은 사회를 달콤하게 하고, 다른 나라의 사람을 동정하는 인류애다. 우정은 사적인 것을 바탕으로 하지만 실질적으로는 공적인 것이며 공공의 이익이 될 수 있기 때문에 진정한 친구는 한 가정의 가장보다 국가에 더 큰 기여를 할 수 있는 존재다.

우정의 유일한 위험은 우정이 언젠가는 끝날 수 있다는 것이다. 우정은 토종이지만 아주 민감한 식물이다. 자신도 모르는 아주 사소한 결점에도 상처를 입을 수 있다. 친구에게서 발견되는 결점이 눈에 잘 띄는 이유는 내게도 그러한 결점이 있기 때문임을 친구에게 알려 주어라. 우리가 의심하면 그 의심에 대한 대가를 치르게 된다는 것은 불변의 법칙이다. 우리는 편협한 마음과 편견을 갖고 이렇게 말한다. "친구여, 나는 그대가 그 정도면 만족한다. 그 이상은 필요 없다." 하지만 진실하고 지속적인 우정을 위해서는 자비롭고, 사심 없고, 지혜롭고, 고귀하고 영웅적이어야 할 것이다.

나는 때때로 친구들로부터 내가 그들의 좋은 점을 인정하지 않는다는 불평을 듣는다. 실제로 그랬는지는 말하고 싶지 않다. 그들은 자신이 말하거나 행한 모든 훌륭한 일에 대해 감사의 표시를 해 주길 바라는 것 같다. 어쩌면 침묵이 가장 섬세한 감사의 표시일 수도 있다. 침묵을 통해 최고의 소통이 이루어질 수 있는 것이다. 가장 좋은 관계는 단순히 침묵을 지키는 것이 아니라 결코 드러나지 않도록 깊은 침묵 속에 묻혀 있는 것이다. 어쩌면 우리는 아직 서로를 알지 못하는지도 모른다. 인간관계에서 비극은 말에 대한 오해가 있을 때가 아니라 침묵이 이해되지 않을 때 시작된다. 그런 경우는 설명하려고 해도 설명할 수 없다. 당신을 이해하지 못하는 사람이 당신을 사랑한들 무슨 소용이 있겠는 가? 그런 사랑은 저주에 불과하다.

자신의 침묵이 친구의 침묵보다 더 많은 의미를 담고 있다고 생각하는 자는 어떤 부류의 인간인가? 자기만 불만이 있다고 생 각하는 건가? 이 얼마나 어리석고 배려심 없고, 한심한 노릇인 가! 당신의 친구도 당신과 같은 이유로 불평하지 않는가? 의심할 여지 없이 내 친구들은 때때로 나에게 헛된 말을 하며 그들이 말 하지 않았다고 생각한 것들도 내가 듣는다는 것을 모른다. 나는 그들이 기대하는 말이나 표현을 하지 않아 그들을 실망시킨 적 이 있다는 것을 알고 있다.

나는 친구들을 만날 때마다 이야기하지만, 내가 기대하는 귀 를 가진 사람은 그들이 아니다. 그러면 너무 차갑다고 불평할 것 이다. 오, 코코아 열매의 겉과 속을 뒤집어 놓으려는 자들이여, 다 음에 내가 눈물을 흘리게 되면 그대들에게도 진실을 알려줄 것 이다. 진정한 관계는 말과 행동인데 그들은 자신이 원하는 말과 행동을 해 주길 바랄 뿐이다. 감정이나 생각을 모르는데 그것을 어떻게 그들에게 전달할 수 있겠는가? 우리는 자신의 감정을 표 현하는 걸 꺼리는 경향이 있는데 이는 자존심 때문이 아니라 감 정을 표현하는 것을 요구하는 사람을 계속 사랑할 수 없을지도 모른다는 두려움 때문이다.

나는 매우 활동적이고 지적 호기심이 많은 한 여성을 알고 있다. 그녀는 자신의 문화 공동체에 관심이 많으며 가능한 많은 이점을 누리기 위해 노력한다. 나는 한 명의 자연인으로서 그녀와의 교류를 통해 자극을 받지만, 그녀 역시 나로부터 같은 자극을 받는다고 생각한다. 사실 나는 그녀에게 도움이 되어 기쁘고, 그녀로부터 도움을 받을 수 있어서 기쁘다. 어느 정도 낯선 사람으로서 그녀를 알고 싶을 뿐, 그녀의 다른 친구들과 달리 그녀를 자주 만나는 것을 주저하게 된다. 내 본능은 여기까지다. 그 이유는 정확히 모르겠지만, 아마도 그녀가 종교적인 것과 같이 높은 수준의 것을 요구하지 않기 때문인 것 같다.

내가 동조하지 않는 편견이나 특이한 성향을 가지고 있지만, 나에게 자신감을 불어 넣어 주는 친구들이 있다. 그들은 나를 종교적 이교도인 선한 그리스인이라고 생각하는 것 같다. 나에게도 그들만큼이나 확고한 원칙이 있다. 우리의 운명이 허락하는 한도 내에서, 내 의도와 관계없이 그녀와 교류하고 그런 교류를 소중히 여긴다는 것이다. 그녀가 나의 원칙을 이해한다면 나에게는 큰 위안이 될 것이다. 내가 무관심하고 냉담하며 원칙도 없이 사는 사람처럼 보일 수 있지만, 나는 그녀에게 많은 것을 기대하지 않으면서도 적은 것에 만족하지 않는다. 내가 다른 사람에게뿐만 아니라 나 자신에게도 무한한 요구를 한다는 걸 그녀가 안다면 비록 불완전하더라도 이 진실한 관계가 성장의 원칙이 없고 자유롭지도 않은 거짓된 관계보다 훨씬 더 낫다는 것을 알게 될 것이다.

나는 나와 동등한 수준의 지적, 감정적 자극을 주고받을 수 있는 친구를 원한다. 그런 사람에게는 항상 관용을 베풀 것이다. 이보다 못한 관계를 받아들이는 것은 자살 행위와 마찬가지며 전혀 바람직하지 않다. 나는 나의 성취보다 나의 열망을 사랑하고 응원해 주는 사람들을 소중히 여기고 신뢰한다. 당신이 나를 바라보지 않고 내가 바라보는 곳을 바라본다면, 그리고 더 멀리 바라본다면 나는 당신과 함께하면서 더 나아질 거다.

우정이 철저하고 실질적인 친분을 기반으로 하지 않는다면, 친구가 도움이 필요할 때 값싸고 하찮은 도움밖에 되지 않는다. 나는 사회, 정신적 이유로 친분을 유지하고 있는 사람이 있는데, 그는 내가 어떤 능력을 지녔는지 알지 못한다. 그래서 나의 도움을 구할 때, 그보다 훨씬 더 큰 내 능력을 활용하지 않고 단순히 나의 물리적인 도움만 필요로 한다. 이와 달리, 내가 아는 또 다른 사람은 이 점에서 분별력이 뛰어나기 때문에 자신에게 없는 재능을 다른 사람의 도움을 받아 활용하는 방법을 잘 알고 있다. 그는 언제 관여해야 할지 언제 빠져야 할지를 잘 아는 사람이다. 모든 동료가 그를 돕는 것을 기쁘게 생각한다. 나는 단순한 도구로 취급받을 때 너무 고통스럽다. 그것은 마치 무척 친밀하고 고귀한 교류 후에 친구가 나를 망치로 생각하고 내 머리로 못을 박는 것과 같다. 이는 당신이 누군가의 좋은 친구이자 숙련된 목수인데, 친구를 위해 기꺼이 망치를 사용할 것임에도 불구하고 친구가 당신의 망치를 제대로 사용하지 못하는 것과 마찬가지다. 이러한 인식 부족은 마음의 온갖 미덕으로 채워질 수 없는 결함이다.

"어떤 사람과 우정을 맺는다는 건 그의 덕과 우정을 맺는 것이다. 우정에는 다른 동기가 있어서는 안 된다."라고 공자가 말했다. 그러나 사람들은 친구가 자신의 악덕과도 우정을 맺기를 바란다. 내 친구 중에 자신이 틀렸다는 것을 뻔히 알면서도 내가 옳다고 말해 주길 바라는 이가 있다. 그러나 우정이 나의 눈을 멀게 하고 나의 하루를 어둡게 한다면 그런 친구는 원하지 않는다. 우정은 우리의 시야를 넓혀 주고 우리를 한없이 자유롭게 해 주어야 한다. 진정한 우정은 진정한 지식을 제공해 준다. 그것은 어둠과 무지에 의존하지 않는다.

분별력의 결여는 우정의 요소가 될 수 없다. 내 친구의 미덕을 다른 사람의 미덕보다 더 뚜렷하게 볼 수 있는 것처럼 그의 결점도 분명하게 볼 수 있다. 우리에게는 다른 누구보다 친구를 더 미워할 권리가 있다. 결점은 언제나 그에 상응하는 미덕에 의해 가려지지만, 그렇다고 결점이 없어지는 것이 아니다. 결점이 실제보다 더 크게 보일지라도 변명의 여지가 없다. 나는 타인의 비판을 견뎌내고, 아첨에 넘어가지 않고, 재판관에게 뇌물을 주지 않고, 진리가 항상 자신보다 더 사랑받기를 원하는 사람을 만나 본적이 없다.

두 여행자가 조화롭게 함께 길을 가려면 두 사람 모두 진실하고 공정한 시각을 가져야 한다. 만약 그렇지 않으면 그들에게 장밋빛 길을 기대하기 힘들 것이다. 그러나 장님인 친구와 함께 여행하더라도 서로를 이해하고 풍경에 대해 이야기할 때, 그 친구가 당신을 볼 수 있다는 사실을 잊지 않아야 한다. 그리고 친구가 눈이 안 보여도 남들보다 더 잘 듣는다는 것을 알아야 한다. 만약 그렇지 않으면 두 사람의 동행은 오래가지 못할 것이다. 한 장님이 시력이 좋은 친구와 걷다가 벼랑 끝에 이르렀을 때, 그의 친구가 이렇게 경고했다. "친구여, 조심하게나! 여기 가파른 절벽이 있으니 더 이상 이 길로 가지 말게." 하지만 그 장님은 "내가 더 잘 알고 있네."라고 말하면서 앞으로 발걸음을 내디뎌 절벽 아래로 떨어지고 말았다.

아무리 친한 친구 사이라 할지라도 우리가 생각하는 것을 모두 말할 수는 없다. 그것이 불만이라면 차라리 영원한 작별을 택하는 게 나을지도 모른다. 입에서 나오는 불평은 너무나 근거가 확실하기 때문이다. 두 사람 사이에 이해가 잘 이루어지지 않은 상황에서는 한쪽이 다른 쪽의 잘못을 지적할 때, 잘못의 정도가 심각할수록 둘 사이의 갈등은 점점 더 깊어질 것이다. 두 사람의 완벽한 우정을 방해하는 성향의 차이는 항상 존재하며 상대의 성향에 대해 입으로 말하는 것은 영원히 금기시된다. 말 이외에 다른 행동을 통해서도 충분히 조언할 수 있다. 서로에 대한 사랑만이 두 사람을 화해시킬 수 있다. 마치 적을 대하듯 상대방에게 설명하려고 달려든다면 이미 늦었다. 누가 그런 친구의 사과를 받아들이겠는가? 해와 함께 사라졌다가 다시 나타나는 이슬과 서리처럼 사과해야 하며 누구나 이것이 좋다는 것을 잘 알고 있다. 설명의 필요성에 대해 다시 말하면 어떤 식으로 말해야 죄가 씻길 수 있을까?

내가 알고 있는 것을 상대방이 모를 수 있다. 그런 경우 아무리 친절하게 조언하려고 해도 그가 원하는 모든 것을 해결해 주지 못할 수 있다. 우리는 상대를 있는 그대로 받아들이거나 그렇지 않으면 거부해야 한다. 내가 친구를 길들일 바에는 차라리 하이에나를 길들이는 편이 낫다. 친구는 나의 어떤 도구로도 작업할 수 없는 물질이다. 벌거벗은 야만인은 불타는 관솔로 참나무를 쓰러뜨리고 마찰을 이용해서 바위에서 손도끼를 만들어낼 수 있지만, 나는 친구의 성격에서 아주 작은 조각조차도 깎아서 아름답게 만들거나 다른 모양으로 바꾸지 못한다.

사랑하는 사이일지라도 완전히 투명하고 신뢰할 수 있는 관계는 없으며 사람은 자기 안에 악마가 있어서 결국에는 어떤 범죄라도 저지를 수 있다는 것을 알게 된다. 그러나 동양의 한 철학자는 이렇게 말했다. "선한 사람 사이의 우정은 끊어지더라도 그 원칙은 변하지 않는다. 연꽃의 줄기는 꺾여도 섬유질은 연결된 채 남아 있기 마련이다."

사랑이 없는 지혜와 기술보다는 사랑이 있는 무지와 서투름이 낫다. 예의 바르고 온화하며 선의를 갖고 재치 있게 빛나는 대화를 이어가더라도 가장 인간적이고 신성한 능력은 활용될 기회를 갈망한다. 사랑이 없는 인간은 타버린 석탄이나 재에 불과하다. 설화 석고와 페르시아 대리석처럼 순수하고 토스카나 별장처럼 우아하고 나이아가라처럼 숭고해도 연회에 우유가 섞인 포도주가 없다면 차라리 고트족이나 반달족의 환대가 더 낫다.

내 친구는 집안사람도 아니고 다른 종족이지만, 내 살 중의 살, 내 뼈 중의 뼈다. 나의 진정한 형제다. 나는 그의 본성이 나처럼 저 너머에서 더듬으면서 찾고 있는 것을 본다. 우리는 멀리 떨어져 살고 있지 않다. 결국에는 운명이 우리를 연결시켜 줄 것이다. 힌두교 경전 『비슈누 푸라나』에서는 이렇게 말한다. "덕이 있는 자의 우정은 일곱 걸음이면 충분하지만, 나는 그대와 함께 살았다." 우리가 오랫동안 같은 빵을 먹고, 같은 샘물을 마시고, 여름과 겨울에 같은 공기를 마시고, 같은 더위와 추위를 느끼고, 같은 과일을 먹고 활기를 찾았는데 서로 다른 생각을 하지 않는다는 것이 어찌 아무 의미가 없겠는가!

나의 마지막 11월의 노을이 나를 천상의 세계로 인도하고 젊은 시절의 붉은 아침을 상기시키는 것처럼, 나의 쇠약해진 귀에 떨어지는 마지막 음악이 나이를 잊게 하는 것처럼, 그리고 요컨대 자연의 다양한 영향이 우리의 자연적으로 살아 있는 동안 지속되는 것처럼, 나의 친구는 영원히 나의 친구일 것이고 나에게 신의 한 줄기 빛을 보내 줄 것이며 시간은 우리의 우정을 키우고 꾸미고 성스럽게 할 것이다. 오래된 사원보다 못하지 않으리라 확신한다. 내가 자연을 사랑하듯 즉 노래하는 새, 빛나는 그루터기,

흐르는 강물, 여름과 겨울, 아침과 저녁을 사랑하듯 나의 친구여,
나는 그대를 사랑한다.

당신이 만약, 현재 중요한 것을 잃어버린 상태라면
당신은 제대로 걸을 수 없는 사람일 것이다.
사회를 무비판적으로 받아들이고
일상의 얽히고설킴을 깨닫지 못한다면
'진정한' 걷기란 불가능하다.
걷다가 깨닫기를 바라며 소로는 걸었다.

걷는 사람

경계에 선 인간

대부분의 사람은 사회와 도시에 머물길 바라며 자연에 강하게 끌리는 사람은 아주 극소수다. 인간은 고등 생물로 예술 행위를 하지만 자연과의 관계에서는 동물보다 나을 게 없다. 인간은 자연과 동물보다 못한 관계를 맺는다. 풍경의 아름다움을 제대로 감상할 줄 아는 인간이 얼마나 되겠는가! 우리는 그리스인들이 세상을 아름다움 혹은 질서라는 의미로 코스모스Κόσμος라고 불렀다는 사실을 알아야 한다. 하지만 우리는 그들이 왜 그렇게 불렀는지 명확하게 알지 못하고 기껏해야 호기심 많은 언어학적 사실로만 인식할 뿐이다.

나는 자연과 관련하여 그 경계에 서 있다고 할 수 있다. 가끔씩 일시적으로 한 세계의 경계 안으로 잠시 들어갈 뿐, 대부분 물러나 있으면서 내가 국가에 보이는 애국심과 충성심은 국경을 넘나드는 모스 트루퍼*가 보이는 것과 크게 다르지 않다. 자연이라고 부르는 삶을 살 수 있다면 상상할 수 없을 정도의 깊은 늪과 진창인 길이라도 헤치고 갈 준비가 되어 있지만, 나에게는 그 길을 안내해 줄 달빛이나 반딧불이가 없다. 자연은 너무 광대하고 보편적인 인격체이기 때문에 우리는 자연의 이목구비 중 어느 하나도 보지 못한다. 내 고향 마을 주변에 펼쳐진 낮익은 들판을 걷는 사람은 그 땅 소유주의 등기부에 올라가 있지 않은 또 다른 땅을 걷고 있다는 착각에 빠지게 될 것이다. 내가 직접 측량한 이 농장들, 내가 설정한 경계들이 안갯속에 희미하게 보일 뿐이다. 어떤 화학 물질을 사용해도 화가가 유리 표면에 그린 듯한 그 아련한 풍경을 명확하게 보여 줄 수는 없을 것이다. 우리가 흔히 알고 있는 세상은 실제로 흔적도 남기지 않으며 어떤 기념일도 없는 그런 곳이다.

얼마 전 늦은 오후, 스폴딩 씨 농장으로 산책하러 나갔다. 웅장한 소나무 맞은 편에서 석양이 타오를 듯 비추고 있었다. 황금빛 햇살이 어떤 고귀한 홀을 비추는 것처럼 숲속 오솔길에 흩어져 있었다. 내가 잘 몰랐던, 찬란하게 빛나는 한 가문이 고대부터 태양이라는 하인을 두고 콩코드라는 땅 한 편에 정착한 것 같은 인

---

* 17세기 중반부터 18세기 초 잉글랜드와 스코틀랜드의 접경 지역 출몰한 늪지의 약탈자다.

상을 받았다. 찾아오는 이 없는 이 집에 사는 사람들은 '사회'라는 것에 속하지 않는 이들이었다. 숲 너머로 보이는 스폴딩 씨의 크랜베리 초원에는 그들만의 공원과 놀이터가 있었다. 소나무는 자라면서 그 집의 박공 역할을 했다. 스폴딩 씨 집은 눈에 잘 띄지 않았고 나무들이 자라서 집의 일부가 되었다. 그들의 절제된 기쁨의 소리가 들리는 듯했다. 그 집 사람들은 햇살에 기대어 사는 것 같다. 그 집에도 아들과 딸이 있다. 그들은 아주 잘 지내고 있다. 농부의 수레가 그 집의 홀을 통과하지만, 그들의 평화로운 삶을 방해하지는 않는다. 반사된 하늘 속 진흙탕 바닥이 하늘의 아름다움을 방해하지 않는 것과 같다.

사람들은 스폴딩 씨에 대해 들어본 적도 없고 그가 이웃에 사는지도 몰랐지만, 나는 그가 수레를 끌고 집으로 들어가면서 내는 휘파람 소리를 들었다. 그 어떤 삶도 그들의 평온한 삶에 미치지 못할 것이다. 이끼가 그 가문의 문장紋章이다. 소나무와 참나무에 그려진 것을 보았다. 그들의 다락방은 나무 꼭대기에 있었다. 그들은 정치에 전혀 관심이 없다. 노동의 소리도 들리지 않는다. 그 집에서는 천을 짜거나 실을 잣는 소리가 나지 않는다. 그러나 바람이 잦아들고 소리가 완전히 사라졌을 때, 5월의 어느 날 저먼 벌집에서 들려오는 상상할 수 없을 정도로 너무나 달콤하고 감미로운 흥얼거림이 들린다. 아마도 그 집 사람들이 생각하는 소리였을 것이다. 그들은 쓸데없는 생각을 하지 않는다. 밖에 있는 사람들이 무슨 일을 하는지도 모르기 때문이다. 그들이 하는 일은 무언가에 의해 방해받지 않고, 매끄럽고 자연스럽게 이루어진다.

하지만 그들에 대해 기억하기가 어렵다. 내가 말하고 기억하려고 애쓰는 동안에도 내 마음에서 사라져 버린다. 오랜 시간 진지하게 노력해야 비로소 이 땅에서 그들과 함께 살고 있다는 사실을 깨닫는다. 스폴딩 사람들이 아니었다면 나는 진작 콩코드를 떠났을 거라는 생각이 든다.

그토록 멋진 일몰을 본 적 있는가?

매년 뉴잉글랜드에 찾아오는 비둘기 수가 줄어든다고 하는데, 이제는 익숙해졌다. 이곳의 숲이 비둘기에게 더 이상 먹이를 주지 않기 때문이다. 이와 마찬가지로, 해가 갈수록 우리의 마음에 떠오르는 생각도 점점 줄고 있다. 우리의 마음속 숲이 황폐해진 까닭일까? 우리의 불필요한 야망에 불을 지피기 위해 나무들이 베어지거나 제재소로 보내져 숲은 가치를 잃었다. 새들이 둥지를 틀 나뭇가지가 거의 남아 있지 않다. 마음속의 생각들도 더 이상 우리와 머물면서 둥지를 틀거나 새끼를 낳지 않는다. 더 온화한 계절이 오면, 희미한 그림자가 우리 마음의 풍경에 흐릿한 그림자를 남길지 모르지만 그건 어떤 생각의 봄이나 가을이 이동 중에 드리워진 그림자일 것이다. 고개를 들어 하늘을 쳐다봐도 그 생각의 실체를 감지하거나 이해하기는 힘들다. 우리의 생각이 이미 가금류로 변했기 때문이다. 그래서 더 이상 날지 못하고, 기껏해야 웅장해 보이는 중국의 상하이나 베트남의 코친차이나* 에 도달할 것이다. 고작 그런 것이 우리에게 들리는 '위대한 생각'이고 '위대한 인간'이라니!

우리는 대지를 부둥켜안을 정도로 사랑하지만, 자연을 넘어 더 나아가려고 하지 않는다. 우리는 더 높이 오를 수 있다. 적어도 한 번쯤은 나무 위에 올라갈 수 있지 않을까? 나는 예전에 나무에 올라가 본 적이 있다. 언덕 꼭대기에 있는 키가 큰 백송이었는데 몸은 힘들었지만, 전에는 보지 못했던 지평선의 새로운 산을 발견하고 땅과 하늘을 훨씬 더 많이 볼 수 있었다. 그것으로 보상은 톡톡히 받은 셈이다. 내가 칠십 평생을 나무 밑에 맴돌고 다녀도 그런 광경은 절대 보지 못할 것이다.

6월의 끝자락이었던 것 같다. 나무 위로 올라가 주위를 둘러보던 나는 진귀한 꽃을 발견했다. 백송의 꼭대기 가지 끝에서 하늘을 바라보며 피어나는 작고 섬세한 원뿔 모양의 붉은색 꽃이었다. 나는 꽃이 달린 가지를 잘라 곧장 마을을 향해 달려가서 사람들에게 보여 주었다. 법원 길을 걸어가는 생면부지의 배심원 그리고 농부, 목재상, 나무꾼과 사냥꾼들에게 보여 주었는데, 아무

---

* 프랑스에 의해 점령된 베트남 남부 지역을 말하며, 프랑스의 직할 통치를 받았다.

도 그런 것을 본 적이 없다고 했다. 그들은 마치 하늘에서 떨어진 별을 본 것처럼 놀라워했다. 고대의 건축가들도 기둥 상부나 하부를 눈에 더 잘 보이는 부분만큼이나 완벽하게 마무리했지 않은가! 자연은 처음부터 숲속에 있는 작은 꽃을 인간의 머리 위, 하늘을 향해 확장한 것이다. 우리는 들판에서 발아래에 있는 꽃들만 본다. 소나무는 오랜 세월 동안 매년 여름마다 나무의 가장 높은 나뭇가지에 섬세한 꽃을 피웠지만, 이 땅의 농부나 사냥꾼은 그런 꽃을 본 적이 없다.

우리는 현재를 살아가지 못할 이유가 없다. 과거를 기억하며 스쳐 지나가는 현재 삶의 순간을 놓치지 않으려는 자는 누구 못지않게 축복받은 인간이다. 만약 우리의 철학이 지평선 안의 모든 헛간 마당에서 울어대는 수탉 울음소리를 듣지 못한다면, 뒤늦은 깨달음에 불과하다. 새벽에 울리는 수탉의 소리를 듣고, 흔히 우리가 하는 일과 사고 습관이 녹슬고 낡아가고 있음을 알게 된다. 수탉의 철학은 우리의 철학보다 훨씬 더 새롭다. 그 안에는 이 시대의 복음서인 신약 성서에도 제시하지 않은 새로운 시대에 맞는 성스러운 복음이 담겨 있다. 수탉은 뒤처져 있는 법이 없다. 항상 일찍 일어나고, 항상 그 자리에 있다는 건 그 시대의 맨 앞에 있다는 의미다. 자연의 건강함과 건전함의 상징이며 온 세계의 자랑이다. 봄의 새싹이 지닌 생명력과 뮤즈들의 새로운 샘과 같은 건강함을 지니고 있다. 그가 사는 곳에는 도망간 노예를 숨겨 주었을 때 죄를 묻는 도망 노예법이 없다. 여기서 어떤 노예가 닭 울리는 소리를 듣고도 주인을 배신하지 않겠는가?

수탉의 선율에는 모든 구속에서 벗어나게 하는 자유로움을 준다는 점에서 그 가치가 있다. 가수는 노래로 우리를 쉽게 웃기거나 울리지만, 우리에게 순수한 아침의 기쁨을 일깨워 주는 자가 어디 있는가? 일요일에 쓸쓸한 기분 속에서 적막한 숲길을 걷다가 혹은 초상집에서 망자를 지켜보다가, 멀리서든 가까이서든 수탉 우는 소리가 들리면 나는 조용히 생각한다. "나 말고도 깨어 있는 다른 이가 있구나." 그러고 나면 갑작스럽게 새로운 감정이 살아난다.

작년 11월 어느 날, 멋진 일몰을 보았다. 그때 나는 작은 시냇물의 발원지가 있는 초원을 걷고 있었다. 차가운 잿빛의 낮이 지나고 해가 지기 직전 맑은 지평선 위에 도달했을 때 너무나 부드럽고 밝은 햇살이 마른풀과 반대편에 있는 나무줄기, 언덕의 상수리나무 잎에 떨어졌다. 우리의 그림자는 마치 그 빛의 유일한 티끌인 것처럼 보였고 초원 동쪽으로 길게 늘어졌다. 조금 전까지만 해도 상상할 수 없었던 빛이었고, 공기 또한 너무 따뜻하고 평온해서 그 초원을 낙원이라고 해도 전혀 이상할 것이 없었다. 이것이 다시는 일어나지 않을 현상이 아니라 영원히, 무한히 많은 저녁에 일어날 거라고 그곳에 온 아이에게 설명하고 아이를 안심시켰다고 생각하니 그 광경이 더욱 찬란하게 빛났다.

태양은 도시를 비출 때와 똑같은 영광스러움과 화려함을 자랑하며 집 한 채 없는 외딴 목초지에도 이전에 한 번도 그런 적이 없던 것 같은 광채를 보내고 있었다. 초원에는 고독한 매 한 마리가 날개를 황금빛으로 물들인 채 늪지 위를 맴돌거나, 오두막에서 사향쥐 한 마리가 빼꼼히 고개를 내밀고 밖을 내다보거나, 작고 검은 시냇물 물줄기가 늪지 한가운데 있는 썩은 그루터기를 천천히 굽이 돌며 흐르고 있을지 모른다. 그런 초원에서 우리는 시든 풀과 나뭇잎을 금빛으로 물들이는 너무나 부드럽고 고요한 밝은 빛 속으로 걸었다. 그리고 그렇게 잔물결 하나 없는 황금빛 홍수에 빠져 본 적이 없다는 생각이 들었다. 숲과 언덕의 서쪽 면은 마치 엘리시움의 경계처럼 빛났고, 등 뒤의 태양은 마치 저녁에 우리를 집으로 인도하는 목자와 같았다.

그렇게 우리는 성지로 향해 서서히 다가갈 것이다. 태양이 언젠가 지금보다 더 밝게 빛나는 빛으로 우리의 마음과 영혼을 비추고, 가을날의 강둑처럼 따뜻하고 고요한 황금빛으로 우리의 삶을 밝히는 큰 깨달음의 빛을 비출 때까지.

철학자 에머슨은 소로의 스승으로서 19세기 미국
문단의 초월주의 운동을 이끌어 나갔다.
에머슨은 제자인 소로에게 금전적인 지원을
아끼지 않았다. 소로의 기행과 자연주의에 대한
남다른 관점이 부딪히며 두 사람은 갈등 이후
소원해졌지만 소로의 죽음에 가장 깊은 애도와
슬픔을 표했던 이는 다름 아닌 에머슨이었다.

6부

에머슨의 추도사

행동으로 실천한 이상주의자 소로에게

          ┊
          ┊
          ┊
          ┊
          ┊
          ┊
          ┊

　헨리 데이비드 소로는 건지섬에서 미국으로 건너온 프랑스인의 마지막 후손이다. 그의 기질에 프랑스계 혈통의 특성이 잘 드러나 있으며 이 기질은 색슨족의 천재성과 독특하게 결합되었다.

　그는 1817년 7월 12일, 매사추세츠주 콩코드에서 태어났다. 1837년 하버드 대학을 졸업했지만, 문학적 재능을 인정받지는 못했다. 문학계의 인습 타파자였던 그는 대학에 작은 존경심도 갖지 않고 대학을 아주 경시했지만, 그가 대학의 덕을 본 건 사실이다. 대학을 졸업한 후, 형과 함께 사립 학교 교사로 일했지만 얼마 되지 않아 그만두었다. 그의 아버지는 연필 제조업자였으며 헨리는 당시 사용되던 것보다 더 나은 연필을 만들 수 있다며 한동안 이 일에 매진했다. 여러 차례 테스트를 거친 후 그는 보스턴의 화학자와 예술가들에게 자신이 만든 연필을 보여 주었고, 런던 최고의 제품에 버금가는 품질을 인정받았다. 주변 사람들은 이제 부자가 되는 일만 남았다며 그를 축하해 주었다. 하지만 그는 다시는 연필을 만들지 않겠다면서 이렇게 말했다. "왜 그래야 하죠? 난 한 번 한 일은 다시 하지 않아요."

그는 끊임없이 산책하며 다양한 분야의 학문을 연구했다. 자연에 대해 새로운 지식을 쌓았지만, 그때까지 동물학이나 식물학에 대해서는 큰 관심이 없었다. 자연 현상은 열심히 연구했지만, 기술적이고 학문적인 접근 방식에는 큰 관심이 없었다.

그 시기에 친구들은 직업을 선택하거나 수익성 있는 일에 뛰어들기를 열망했다. 대학을 갓 졸업한 강건한 젊은이로서 그 역시 남들과 같은 고민을 하지 않을 수 없었다. 하지만 그는 모두에게 익숙한 길을 거부하고 고독하게 자유를 지키는 길을 선택했다. 게다가 다른 사람들에게도 동일한 도덕적 기준과 독립성을 요구했기 때문에 더 큰 어려움을 겪었다. 하지만 소로는 전혀 흔들리지 않았다. 그는 타고난 청교도였다. 편협한 기술이나 일 때문에 자신의 큰 지식과 행동을 포기하는 것을 거부하고, 원대한 소명인 잘 사는 기술을 목표로 삼았다. 그가 다른 사람의 의견을 무시하고 거스른 행동을 했다면 자신의 신념과 실천을 잘 조화시키려는 생각이 더 컸기 때문이다. 그는 게으르거나 방종하지 않았으며 돈이 필요할 때는 배나 울타리 만들기, 나무 심기, 접목, 측량 같은 단기 노동을 했다. 그는 강인한 기질과 적은 욕심, 목공 기술, 뛰어난 산술 실력을 갖춘 사람으로 세계 어느 곳에서든 생활할 수 있는 일꾼이었다. 욕구를 충족시키는 데 다른 사람보다 시간이 덜 들었기 때문에 여유롭게 살 수 있었다.

그는 수학적 지식에서 비롯된 측량 기술과 나무의 크기, 연못과 강의 깊이와 넓이, 산의 높이, 좋아하는 정상까지의 직선거리 등을 측정하는 습관이 콩코드에 대한 해박한 지식과 결합, 토지 측량사라는 직업을 갖게 되었다. 이 직업은 그를 계속 새롭고 한적한 곳으로 이끌었고 자연을 연구하는 데 큰 도움을 주었다. 정확성과 뛰어난 역량으로 정평이 나자 그는 자신이 원할 때만 일할 수 있었다.

그는 측량에 관한 문제는 쉽게 해결했지만 매일 다른 더 심각한 문제에 직면했다. 하지만 과감하게 대처했다. 그는 모든 관행에 의문을 품고 그의 행위를 이상적인 토대 위에 정착시키고자 했다. 그는 극단적인 청교도였다. 삶을 살면서 그처럼 많은 걸 포기한 사람도 드물 것이다. 어떤 직장도 갖지 않았고, 결혼하지 않고 혼자 살았으며 교회에 가지 않았고, 투표하지 않았고, 국가에 세금을 내지 않았고, 고기도 먹지 않았고, 포도주도 마시지 않았고, 담배는 피우는 법조차 몰랐으며 자연주의자로서 덫이나 총을 사용하지 않았다. 그는 자신을 위해 자연의 독신이 되기를 선택했다. 그는 재물에 관심이 없었고 비참해지거나 무례해지지 않고 가난해지는 법을 알고 있었다. 처음에 그는 별다른 계획 없이 그러한 생활 방식에 빠졌지만, 나중에는 그것이 현명한 선택이었음을 스스로 증명했다.

그는 자신의 일기에 이렇게 썼다. "나는 자주 상기한다. 크로이소스*의 재산을 나에게 물려준다고 해도 나의 목표는 변함없을 것이며 내 삶의 수단 역시 본질적으로 같았을 것이다. 내게는 우아한 사치품을 갖고자 하는 욕망이 없고 그런 취향이나 열정도 없다." 좋은 집, 좋은 옷, 극도로 교양 있는 사람들의 태도와 말투 역시 그에게는 아무런 의미가 없었다. 그는 선량한 인디언 친구를 더 좋아했으며 세련된 것들을 대화의 장애물로 여기고 가장 단순한 관계에서 사람들을 만나려고 했다.

그가 저녁 파티 초대를 거절한 적이 있는데, 각자가 사는 방식이 다르고 어떤 목적 없이 개인을 만날 수 없다는 것이 이유라고 하면서 이렇게 말했다. "그들은 저녁 식사 비용을 많이 들이는 것을 자랑으로 삼지만, 나는 저녁 식사 비용을 적게 들이는 것을 자랑으로 여긴다." 식사할 때 어떤 요리를 선호하느냐는 질문에 그는 '가장 가까운 데 있는 음식'이라고 대답했다. 와인의 맛을 좋아하지 않았으며 평생 어떤 해로운 습관도 없었다. 그는 이렇게 말했다. "나는 어른이 되기 전에 말린 백합 줄기를 피우면서 기분이 좋았던 기억이 희미하게 남아 있다. 보통 이런 담배를 피웠는데, 그것보다 더 독한 담배는 피워본 적이 없다."

---

*   B.C. 6세기 리디아 최후의 왕으로, 엄청나게 재물이 많았던 것으로 알려져 있다.

그는 자신의 욕구를 줄이고 직접 해결함으로써 부자가 되는 길을 선택했다. 가령, 여행할 때 수백 마일을 걸어 다니고 선술집은 가지 않았으며 여행 목적과 관련이 없는 지역을 지나갈 때만 철도를 이용했다. 주로 농부나 어부의 집에서 묵었는데 그곳에서 자신이 원하는 사람과 정보를 더 잘 구할 수 있었기 때문이다.

그는 억압받기를 싫어하는 군인 기질의 소유자로 남자답고 능력 있는 사람이었다. 하지만 어떤 것을 반대할 때 외에는 온화한 모습을 보였다. 그는 사람들이 저지른 잘못을 지적하고 이를 비판하는 기회를 자주 찾았으며 이를 통해 자신의 능력을 발휘하고자 했다. 그는 거절할 때 거리낌이 없었다. 실제로 그에게는 "아니오."라고 말하는 것이 "예."라고 말하는 것보다 훨씬 더 쉬웠다. 어떤 제안을 들었을 때 본능적으로 반박하는 것은 일상적인 사고의 한계에 대한 불만이 그의 성격에 깊이 뿌리내린 결과로 보인다. 물론 이런 성향은 사람들과의 관계에 좋지 않은 영향을 미쳤다. 사람들은 그에게 악의나 거짓이 없다는 걸 알지만, 그런 성향이 타인과의 대화를 망쳤다. 순수하고 죄책감 없는 사람이었지만 그에게는 애정 어린 관계를 유지할 수 있는 진정한 동반자가 없었다. 오죽하면 한 친구가 이런 말을 했을까. "나는 헨리를 사랑하지만 좋아할 수는 없다. 그의 팔을 잡을 바에는 차라리 느릅나무의 팔을 잡는 편이 나을 것이다."

그는 은둔자이자 금욕주의자이면서도, 사람들과 공감하기를 좋아했다. 또한, 자기가 아끼는 젊은이들과 어울리는 걸 좋아했다. 그들과 함께 있으면서 들판과 강에서의 경험담을 신나게 이야기하곤 했다. 사람들과 함께 허클베리를 따러 가거나, 밤나무나 포도 덩굴을 찾으러 갈 준비가 늘 되어 있었다.

어느 날 공개 강연회에서 헨리는 청중에게 듣기 좋은 말만 하는 것은 나쁘다고 말했다. 그는 "『로빈슨 크루소』처럼 누구나 쉽게 읽을 수 있는 글을 쓰고 싶지 않은 사람이 어디 있으며, 자신의 글이 모든 이들을 기쁘게 하는 요소를 담지 못하는 것을 안타깝게 여기지 않는 사람이 어디 있겠는가?"라고 말했다. 물론 소수의 사람에게 감동을 준 몇몇 강연을 자랑삼아 이야기하기도 했다. 그러나 한 소녀는 그가 한 회관에서 강연한다는 걸 알고 저녁 식사 자리에서 당돌한 질문을 했다. "선생님 강연이 자신이 듣고 싶은 것처럼 멋지고 흥미로운 내용인가요, 아니면 전혀 관심 없는 낡은 철학적인 내용인가요?" 헨리는 그녀를 돌아보고 곰곰이 생각에 빠졌고, 그의 강연이 소녀와 그녀의 동생에게 흥미가 있는 내용일 거라고 스스로 확신하려고 애쓰는 모습이 역력했다.

그는 천성적으로 진실을 말하고 행동으로 실천하는 사람이었다. 이 때문에 자주 극적인 상황에 부닥치곤 했는데, 이때 그가 어떤 입장을 취하고 어떤 말을 할지에 주변 사람들의 관심이 집중되었다. 그는 사람들의 기대를 저버리지 않고 매번 각 상황에서 자신만의 독창적인 판단을 내렸다.

1845년 그는 월든 호수 기슭에 작은 나무집을 짓고, 그곳에서

2년 동안 홀로 노동과 학문의 삶을 살았다. 이런 생활은 그에게 아주 자연스럽고 적절했다. 그를 아는 사람은 누구도 그가 허세를 부린다고 비난하지 않았다. 그는 행동보다는 사고 측면에서 주위 사람들과 달랐다. 그는 고독한 생활에서 더 이상 얻을 것이 없다는 생각이 들자 곧바로 그 생활을 그만두었다. 1847년에는 세금에 적용된 일부 항목을 동의할 수 없다면서 세금 납부를 거부해 감옥에 수감되었다. 그리고 그의 고모가 세금을 대신 내주어 곧바로 석방되었다. 이듬해에도 비슷한 상황이 벌어질 뻔했다. 하지만 그의 만류에도 불구하고 친구들이 세금을 대신 납부해 주었기 때문에 저항을 멈춘 것으로 생각된다.

어떤 반대나 조롱도 그에게 아무 영향을 미치지 못했다. 자신의 의견이 모든 사람의 의견인 척하지도 않았고, 냉정하게 자신의 입장을 고수했다. 예전에 그가 책을 빌리기 위해 대학 도서관에 간 적이 있었다. 그런데 사서가 대출을 거부하는 일이 발생했다. 소로는 대학 총장에게 항의했고, 총장은 연구생, 졸업생인 성직자, 그리고 학교에서 반경 10마일(약 16.1킬로미터) 이내에 거주하는 주민에게만 책을 빌려주는 규정을 설명해 주었다. 그러자 소로는 철도가 생기면서 이전의 거리 개념이 바뀌었기 때문에 거리에 따른 규정이 더 이상 유효하지 않다고 주장했다. 그는 자신이 대학에서 받을 수 있는 유일한 혜택이 도서관이라는 점을 강조하고 지금, 이 순간 책이 꼭 필요할 뿐만 아니라 앞으로 더 많이 필요할 것이라고 말했다. 그리고 도서관장이 아닌 자신이 그 책들의 적합한 관리인이라고 주장했다. 청원인이 너무 강력해 보이고 규정이 시대착오적이라고 판단한 총장은 그에게 특권을 부여하는 것으로 상황을 종결했고, 그 후 소로는 무제한으로 책을 대출할 수 있는 권한을 부여받았다.

소로야말로 진정한 미국인이었다. 조국을 진정으로 사랑했으며, 영국과 유럽인의 생활 방식과 태도에 대한 혐오는 거의 경멸에 가까웠다. 그는 런던의 사교계 소식이나 가십거리를 듣는 걸 참기 힘들어했다. 예의를 갖추기 위해 애썼지만, 그런 이야기는 그를 피곤하게 만들 뿐이었다. 사람들은 작은 틀에 박혀 서로를 모방하면서 산다. 왜 가능한 한 멀리 떨어져서 각자의 삶을 살지 못하는 걸까? 그가 찾는 것은 자연이었으며, 그래서 런던이 아닌 오리건으로 가기를 원했다. 그는 일기에 이렇게 썼다. "영국 전역에서 로마인의 흔적, 유골함, 야영지, 도로, 주거지 등이 발견된다. 하지만 적어도 뉴잉글랜드는 로마 유적지에 세워진 것이 아니다. 그래서 우리는 이전 문명의 잿더미 위에 우리 집의 기초를 세울 필요가 없다."

노예제 폐지, 관세 폐지, 그리고 정부 폐지를 옹호한 이상주의자였던 소로는 현실 정치에서 대표성을 갖지 못했을 뿐만 아니라 모든 계층의 개혁가들과도 대치되는 입장을 취했다. 그럼에도 노예제를 반대하는 어떤 당에는 한결같은 지지를 보냈다. 그는 개인적으로 친분이 있는 한 사람을 높이 평가했는데, 그가 바로 노예 제도 폐지론자인 존 브라운 대위*다. 소로는 그가 당국에 의해 체포되자 집회를 열어 그를 옹호하는 공개 연설을 하려고 했고, 사람들에게 이를 알렸다. 하지만 공화당 위원회와 노예 제도 폐지론자 위원회는 이를 시기상조라고 생각하여 바람직하지 않다는 서한을 보냈다. 그러자 그는 이렇게 답했다. "나는 당신들에게 조언을 구하기 위해서가 아니라 연설한다는 것을 알리기 위해 통지를 보낸 겁니다." 이 집회는 이른 시간부터 각 정파의 사람들로 가득 찼다. 청중은 한 영웅에 대한 그의 찬사를 진지하게 들었으며, 놀랍게도 많은 사람이 동정적인 반응을 보였다.

그리스의 철학자 플로티누스는 자신의 육체를 부끄러워한다고 말했는데, 그럴 만한 이유가 있었다. 그의 육체는 좋은 하인이 아니었고 추상적 지성을 가진 사람들에게 흔히 일어나는 것처럼 물질세계를 다루는 데 미숙했기 때문이다. 그러나 소로는 가장 적합하고 쓸모 있는 신체를 가지고 있었다. 키는 작지만 탄탄한 체격에 밝은 피부색, 강하고 진지한 푸른 눈동자, 근엄한 표정을 지녔으며 말년에는 턱수염을 수북하게 길렀다. 그의 감각은 예리하고, 강한 손으로 도구를 능숙하게 다룰 줄 알았다. 그의 몸과 정신은 놀라울 정도로 조화를 잘 이루었다. 다른 사람이 막대와 체인을 사용해서 측정하는 것보다 16로드(약 212미터)를 정확하게 측정하는 뛰어난 감각을 지녔다. 밤에 숲속에서 길을 찾을 때

✽   미국의 노예 제도 폐지론자로, 노예제 철폐를 위해서는 오로지 무장봉기 밖에 없다는 신념을 가졌다.

도 눈보다 발로 길을 더 잘 찾을 수 있었다고 한다. 그는 눈으로 나무의 크기를 아주 정확히 가늠했고, 송아지나 돼지의 무게도 상인 못지않게 잘 예측했다. 한 무더기 이상의 연필이 들어 있는 상자에서도 금방 연필 열두 자루를 정확히 집어 올렸다. 그는 훌륭한 수영 선수, 달리기 선수, 스케이트 선수였으며 배를 타는 데도 능숙했다. 그리고 아마 웬만한 농부보다 더 많이 걸을 수 있을 것이다. 그의 신체와 정신의 관계는 내가 언급한 것 이상으로 균형이 잘 잡혀 있었다. 그는 걸어 다니는 것을 아주 좋아했으며 걷는 길이에 따라 그가 쓰는 글의 길이가 정해졌다. 하지만 집 안에 가만히 있을 때는 글을 전혀 쓰지 않았다.

소로는 스콧*의 소설에 등장하는 직조공의 딸 로즈 플램모크가 아버지를 칭찬할 때 언급한 상식을 가진 사람이었다. 딸은 아버지의 상식을 기다란 자ℛ에 비교했는데, 무명천과 기저귀를 측정할 수 있을 뿐만 아니라 태피스트리나 금실로 짠 천도 측정할 수 있는 야드 스틱에 비유했다. 소로의 상식은 다양한 상황에서 유용하게 사용되었다. 그는 항상 새로운 해결책을 찾았다. 내가 숲에 나무를 심고 도토리 반 부대를 주워 온 적이 있는데, 쓸만한 도토리를 골라내는 데 시간이 너무 오래 걸리자 "도토리를 전부 물에 넣으면 좋은 도토리는 가라앉을 겁니다."라고 말했고, 이 실험은 성공했다. 그는 정원이나 집, 헛간을 설계할 수 있었

* 스코틀랜드의 시인, 소설가이자 역사가이다.

고 '태평양 탐험대'를 이끌 수 있을 만큼 유능했으며 아주 중대한 사적 또는 공적 문제에서 현명한 조언을 해줄 수 있는 사람이었다.

그는 오늘을 살면서 과거의 기억에 얽매이거나 자괴감에 빠지지 않았다. 어제 새로운 제안을 했다면 오늘은 더 혁신적인 다른 제안을 했다. 매우 부지런한 사람이었고, 계획적인 사람들이 그렇듯 시간을 아주 소중히 여겼다. 하지만 그는 마을에서 유일하게 여유로운 사람으로 보였으며, 유익해 보이는 여행이나 늦은 시간까지 이어지는 대화에 참여할 준비가 항상 되어 있었다. 그의 예리한 감각은 일상의 신중함이라는 규칙에 얽매이지 않고 항상 새로운 상황에 맞게 변화했다. 그리고 간단하게 식사하는 걸 좋아했다. 누군가가 채식을 권하자 "호화로운 그레이엄 하우스에서 사는 사람보다 버펄로를 사냥하면서 사는 사람이 더 잘 먹고 잘산다."라고 말하면서 식단을 대수롭지 않게 생각했다. 그리고 그는 이렇게 말했다. "철도 근처에서 잠을 자도 방해받지 않고 잠을 잘 수 있다. 자연은 어떤 소리에 귀를 기울일 가치가 있는지 잘 알고 있기 때문에 정신을 집중하면 기차의 기적 소리가 들리지 않는다. 자연은 경건한 마음을 존중하고 정신적 황홀경은 절대 방해받지 않기 때문이다."

그는 멀리서 희귀한 식물을 받은 적이 있는데, 자기가 자주 가는 산책길에서도 같은 식물을 자주 발견했다고 밝혔다. 그리고 좋은 배우에게만 일어나는 행운의 조각들이 그에게도 보였다고 하면서 이런 말을 했다 "어느 날 낯선 사람과 함께 길을 걷다가 그 사람에게 어디 가면 인디언 화살촉을 찾을 수 있느냐고 물었더니, 그는 '어디에나 있다'고 대답하고 나서 허리를 굽히더니 그 자리에서 화살촉을 하나 집어 들었다." 워싱턴산의 터커맨스 계곡에서 소로는 크게 넘어져 발목을 삐었다. 그는 일어나려는 순간, 처음으로 아르니카 몰리스*의 잎을 보았다고 한다.

그의 건강에 대한 상식은 튼튼한 손과 예리한 지각, 강한 의지로 무장한 결과지만 그것만으로는 소박한 은둔자의 삶 속에서 빛난 우월함을 설명하기 힘들다. 특정 부류의 인간은 물질세계를 단순히 수단과 상징으로 보지만, 그에게 물질세계는 그 자체로만 존재하는 것이 아니라 더 깊은 의미나 목적이 있다고 생각하는 지혜에 있다. 이러한 발견은 시인에게 글을 장식하기 위한 일시적이고 간헐적인 빛을 제공하지만, 그에게는 깨어 있는 통찰력을 제공한다. 비록 성격상의 결함이나 장애로 인해 통찰력이 흐려지더라도 그는 자신의 이상적인 목표를 충실히 따랐다.

소로는 젊은 시절에 이런 말을 했다. "현실이 아닌 다른 세계가 내 예술의 전부이며 나의 연필은 다른 것을 그리지 않고 나의 잭나이프는 다른 것을 자르지 않을 것이다. 나는 그것들을 수단으로 사용하지 않는다." 이것이 그의 생각, 대화, 공부, 일, 삶의 과

---

*   주로 유럽과 북아메리카의 산악 지역에서 자라는 여러해살이 초본 식물로, 주로 약용으로 사용된다.

정을 지배하는 뮤즈이자 천재였다. 이로 인해 인간을 날카롭게 판단하는 평가자가 되었다. 그래서 처음 본 동료도 보자마자 평가했고, 일부 세련된 교양적 특징을 세세하게 알아내지는 못해도 상대방의 무게와 역량을 매우 잘 평가하는 사람이었다. 이것이 사람들에게 천재라는 인상을 주었다.

그는 문제를 단번에 파악했다. 자기와 대화하는 사람들의 한계와 결점을 알고 있었기 때문에 그의 예리한 눈을 피할 수 있는 건 없는 것 같았다. 나는 감수성이 예민한 젊은이들이 자신들이 찾던 인물, 인간 중의 인간, 그들이 알고자 하는 모든 것을 말해줄 수 있는 인물이 바로 이 사람이라고 믿는 상황을 여러 번 목격했다. 소로가 그들을 대하는 태도는 전혀 다정하지 않고, 늘 우월하고 교훈적이었다. 젊은이들의 사소한 행동을 멸시했고, 그의 집이나 그들의 집에서의 만남을 아주 간혹 허락하거나 아예 허락하지 않았다. 그에게 "젊은이들과 함께 산책하실 건가요?"라고 질문하면 그는 "모릅니다."라고 대답했다. 그에게 산책만큼 중요한 것은 없기 때문에 사람들과 어울리려고 자신의 산책을 포기할 리 없었다. 그를 존경하는 몇몇 단체로부터 초청을 받았지만, 그는 사양했다. 그를 후원하는 한 단체에서 옐로스톤강, 서인도제도, 남아메리카로 가는 경비를 부담할 테니 함께 가자고 제안한 적도 있었다. 그러나 그는 진지하고 신중한 태도로 거절했다. 사교계의 멋쟁이 브룸멜이 한 말을 떠올리게 한다. 비 오는 날 마차를 태워주겠다는 신사의 제안에 브룸멜은 "그럼 당신은 어디에 탈 건가요?"라고 대답했다고 한다. 이러한 소로의 태도는 동료들에게 강렬한 인상을 남겼고, 그들은 자신들의 모든 방어 수단을 무너뜨릴 정도로 강력했다고 기억한다.

자연을 생명체로 여긴 관찰주의자 소로에게

소로는 고향의 들판, 언덕, 강에 자신의 천재성을 바쳤으며 이는 모든 미국인과 바다 건너 사람들에게 알려졌고 사람들의 관심을 일으켰다. 그는 자신이 태어나고 죽은 강의 상류부터 메리맥강과 합류하는 지점까지 잘 알고 있었다. 수년간 여름과 겨울 동안 밤낮으로 관찰에 몰두했다. 매사추세츠주에서 임명한 수자원 위원들의 최근 조사 결과는 그가 수년 전에 실험을 통해 관찰한 결과와 크게 다르지 않았다. 강바닥, 강둑과 그 위 대기에서 일어나는 모든 현상, 그리고 물고기들과 그들의 산란, 서식지, 습성, 먹이, 일 년에 한 번 저녁에 대기를 가득 메우는 하루살이, 하루살이를 너무 많이 먹은 탓에 과식으로 죽은 물고기들까지 말이다. 또한 얕은 강에는 작은 돌들이 쌓여 생긴 원뿔형 돌무더기가 있는데, 그중에는 수레가 넘칠 정도로 많은 돌이 쌓인 것도 있다. 이 돌무더기들은 작은 물고기들의 보금자리다. 그리고 개울에는 왜가리, 오리, 아비새, 물수리와 같은 새들이 오가며, 둑에는 뱀, 사향쥐, 수달, 마멋, 여우가 드나든다. 강둑에는 거북이, 개구리, 청개구리, 귀뚜라미들의 소리로 시끌벅적하다.

소로는 이곳의 모든 생물을 마을 사람들과 같은 생명체로 여겼다. 그래서 이들을 마을 사람들과 따로 떼어 이야기하지 않았다. 그리고 그들의 크기를 자로 재거나 다람쥐나 새의 표본을 전시하거나 브랜디에 담는 것을 부조리하고 폭력적인 행동이라고 생각했다. 그는 강 전체를 정당한 생물체로 말하는 걸 좋아했으며, 항상 관찰한 사실에 근거해서 말했다. 강을 잘 아는 것처럼 이 지역의 연못에 대해서도 잘 알고 있었다.

그가 사용한 무기 중 하나는 다른 연구자들이 사용하는 현미경이나 화학 실험용 알코올 수집기가 아니었다. 그를 점점 더 진지하게 빠져들게 한 생각으로, 바로 자신의 고향과 이웃 지역이 자연 관찰에 최적의 지역이라고 칭송하는 것이었다. 매사추세츠의 식물군에는 미국의 거의 전 지역에 서식하는 중요한 식물인 참나무, 버드나무, 최고의 소나무, 물푸레나무, 단풍나무, 너도밤나무, 견과류 등을 포함한다고 그는 말했다. 그는 친구로부터 빌린 케인의 『북극 항해Arctic Voyage』를 돌려주며 "이 책에 기록된 대부분의 현상을 콩코드에서 관찰할 수 있을 거야."라고 말하기도 했다. 북극에서는 일출과 일몰이 일치하고, 6개월마다 5분씩 하루가 바뀐다는 놀라운 사실에 대해 약간 부러워하는 듯 보였는데, 콩코드의 아누르누크 언덕에서는 결코 경험할 수 없었기 때문이다. 그는 산책하는 도중 붉은 눈을 발견하고 콩코드에서 이제 큰가시연꽃을 볼 수 있을 거라고 말했다. 소로는 토착 식물의 대변인이었고 인디언을 문명인보다 더 좋아했듯이 수입된 식물보다 잡초를 더 좋아했으며, 이웃의 버드나무 콩대가 자신의 콩보다 더 많이 자란 것을 기쁜 마음으로 지켜보았다. "이 잡초들을 보세요. 봄과 여름 내내 농부들이 수도 없이 많이 뽑아냈지만, 모든 길과 목초지, 들판, 정원에서 승리를 거두고 있어요. 이 잡초의 생명력이 정말 대단하지 않나요? 우리는 그것들을 돼지풀, 쑥, 병아리풀, 섀드블로섬 등 저급한 이름을 붙이며 멸시해 왔어요. 하지만 잡초들에게도 암브로시아, 스텔라리아, 아멜란치아, 아마란스와 같은 멋진 이름이 있답니다."라고 그는 말했다.

소로는 모든 것을 콩코드 자오선을 기준으로 말하기를 좋아했는데, 이는 다른 경도나 위도를 무시하거나 평가 절하해서가 아니다. 모든 장소가 무심하며 각자에게 가장 좋은 장소는 자기가 서 있는 바로 그곳이라는 믿음 때문이다. 그는 자기 생각을 재미있게 표현한 적이 있다. "만약 당신이 지금 발 딛고 있는 이 땅이 다른 어떤 세상의 땅보다 더 달콤하다고 여겨지지 않는다면 당신에게서는 아무런 희망을 찾을 수 없다고 생각합니다."

그가 과학에서의 모든 장애물을 극복하기 위해 사용한 또 다른 무기는 인내심이었다. 그에게서 떠난 새, 파충류, 물고기가 다시 돌아와 자신의 습성을 되찾을 때까지, 아니 호기심에 이끌려 다시 그에게 다가와 그를 지켜볼 때까지 마치 바위의 일부처럼 움직이지 않고 있는 법을 알고 있었다.

그와 함께 걷는 것은 즐거움이자 특권이었다. 그는 여우나 새처럼 이 지역을 잘 알고 있었고, 자신만의 길을 따라 자유롭게 누비고 다녔다. 눈 위나 땅 위의 모든 흔적을 잘 알고 있었으며 어떤 동물이 그보다 먼저 이 길을 지나갔는지도 알고 있었다. 이 안내자의 말을 들으면 보상은 컸다. 그는 식물을 눌러 말리기 위해 겨드랑이에 오래된 악보를 끼고, 주머니에는 일기장과 연필, 새 관찰을 위한 망원경, 현미경, 잭나이프, 노끈을 넣고 다녔다. 그는 밀짚모자와 튼튼한 신발에 질긴 회색 바지를 입고 관목 참나무와 청미래덩굴을 거침없이 헤치고 다녔으며, 나무를 타고 올라가 매나 다람쥐 둥지를 관찰했다. 웅덩이로 뛰어들어 수초를 채취했고, 그의 튼튼한 다리는 그가 입고 있는 갑옷의 아주 중요한 부분이었다.

어느 날 소로와 함께 길을 가다가 그가 넓은 웅덩이에서 조름나무를 발견했는데, 꽃을 살펴보더니 꽃이 핀 지 5일이 지났다고 판단했다. 윗주머니에서 일기장을 꺼내 이날 꽃을 피워야 할 식물의 이름을 읊었는데, 마치 은행원이 공책에 나열된 어음의 만기일을 읽어 내려가는 것 같았다. 복주머니난초는 내일이 되어야 꽃이 필 거라고 했다. 그는 무아지경에서 깨어난 사람처럼 아무런 정보가 없어도 식물들의 상태만 보고 생장 주기와 개화 시기를 알 수 있을 것 같았다. 붉은딱새가 날아다녔고, 얼마 지나지 않아 관찰자의 눈을 환하게 만드는 화려한 깃털을 가진 주홍색의 고운큰부리새가 나타났다. 소로는 그 새의 섬세하고 맑은 소리를 쉰 목소리가 사라진 한여름의 풍금조 소리와 비슷하다고 말했다. 잠시 후 소로가 12년 동안 찾아다녔지만 한 번도 본 적이 없었던 밤휘파람새의 소리를 들었다. 이 새는 볼 때마다 나무나 덤불 속으로 뛰어드는 바람에 제대로 관찰할 수가 없었다고 했다. 이 녀석은 밤낮을 가리지 않고 노래를 부르는 유일한 새였다. 나는 그에게 그 새를 찾아 기록하는 것이 전부는 아니라고 말했다. 인생의 한 가지 목표를 이루면 더 이상 이룰 것이 없어지기 때문이다. 그러자 그가 말했다. "반평생 찾아다녀도 찾지 못한 것이 언젠가 가족이 모여 함께 저녁 식사를 하는 자리에서 나타날 수도 있어요. 하지만 그 새를 꿈처럼 찾아다니다가 마침내 발견하면 곧바로 그 녀석의 먹잇감이 되고 말 겁니다."

꽃이나 새에 대한 그의 관심은 마음속 깊이 자리 잡고 있었고 자연과 연결되어 있었지만, 그는 자연의 의미를 정의하려고 하지 않았다. 자기가 관찰한 기록을 자연사 협회에 제공하지 않았다. "내가 왜 그래야 하죠? 그 기록은 내 마음과 연결되어 있는데 연결 없이 설명만 있다면 관찰의 진정한 의미와 가치가 사라질 겁니다."라고 그는 말했다. 그의 관찰 능력은 탁월했다. 현미경으로 보는 것처럼 보고 나팔 소리를 듣는 것처럼 들었으며, 보고 들은 모든 것을 사진처럼 기억했다. 단순한 사실보다 어떤 인상을 주고 어떤 영향을 미치는지가 더 중요하다는 것을 잘 알고 있었다. 모든 사실이 그의 마음속에서 영광스럽게 자리 잡고 있었으며, 그것은 전체의 질서와 아름다움의 한 유형이었다. 자연사에 대한 그의 관심과 헌신은 외부의 영향이나 강요에 의한 것이 아니라, 자연스럽고 자발적인 것이었다. 그는 가끔씩 자신이 사냥개나 표범처럼 느껴진다고 하면서 만약 인디언으로 태어났다면 잔인한 사냥꾼이 되었을 거라고 고백했다.

그러나 매사추세츠의 문화에 의해 절제된 덕분에 그는 식물학과 어류학이라는 온화한 학문의 형태로 자신의 문제를 풀었다. 그의 동물에 대한 해박한 지식은 토마스 풀러*가 양봉학자 버틀러에 대해 쓴 「그가 벌에게 말했거나 벌이 그에게 말한 것Either he had told the bees things or the bees had told him」이라는 기록을 떠올리게 한다. 뱀들이 그의 다리를 휘감았고, 물고기가 그의 손으로 헤엄쳐 들어오자, 그는 그것들을 물 밖으로 꺼냈다. 구멍에서 마멋의 꼬리를 잡고 꺼냈고, 사냥꾼으로부터 여우를 보호했다. 이 자연주의자는 완벽한 관대함을 가지고 있었다. 그는 비밀이 없었고 사람들을 왜가리의 서식지나 그가 소중한 여기는 식물 늪으로 데려가기도 했다. 그들이 그곳을 다시 찾지 못할 수도 있다는 것

---

* 영국의 성직자, 작가, 역사학자이다. 재치 있는 문체와 해박한 지식으로 유명하며, 그의 저서에는 영국의 지리와 역사에 대한 중요한 기록들이 포함되어 있다.

을 알면서도 그렇게 했다.

어떤 대학도 그에게 학위나 교수직을 제안하지 않았고 어떤 학회도 그를 간사나 발견자, 심지어 회원으로도 인정하지 않았다. 학계는 비아냥의 대상이 되는 것을 두려워했는지도 모른다. 그에게는 다른 사람에게 없는 자연의 비밀에 대한 지식과 천재성 그리고 누구보다도 폭넓은 종교적 철학이 있었다. 그는 어떤 사람이나 단체의 견해를 조금도 존중하지 않았고 오로지 진리 자체에만 경의를 표했다. 그에게는 박사라는 자들이 과도하게 예의를 차리면서 진리를 왜곡하거나 타협하는 것처럼 보였을 수 있다. 처음에 마을 사람들은 소로를 단순히 기이한 사람으로 여겼지만, 시간이 지나면서 존경하고 좋아하게 되었다. 그를 측량사로 고용한 농부들은 그의 정확성과 기술, 땅과 나무, 새, 인디언 유물 등에 대해 배웠고, 자신의 농장에 대해 이전보다 더 많은 것을 알게 되었다. 마치 소로가 그들의 땅에서 그들보다 더 나은 권리를 가진 것처럼 느끼기 시작했다. 또한 그에게서 모든 사람을 본성 그대로 대하는 인격적 우월함을 느꼈다.

콩코드에는 화살촉, 돌 끌, 절굿공이, 도자기 조각 같은 인디언 유물이 많았다. 강둑에는 조개와 유골이 쌓인 큰 더미가 있는데, 이는 원주민들이 자주 찾은 장소였음을 말해 준다. 그의 눈에는 인디언과 관련된 이 모든 것들이 매우 소중해 보였다. 그가 메인주에 온 것은 인디언에 대한 애정에서 비롯되었다. 그는 나무 껍질로 만든 카누의 제조 과정에 대해 호기심이 있었고, 급류에서 카누를 직접 조종하면서 아주 만족스러워했다. 돌화살촉 제작에도 관심이 많았고, 말년에는 로키산맥으로 떠나는 한 젊은 이에게 "돌화살촉 제작법을 배우기 위해 캘리포니아를 방문할 가치가 충분히 있다."라고 하면서 이를 알려줄 수 있는 인디언을 꼭 찾아보라고 말했다. 여름철에 가끔 페놉스콧 인디언 무리가 콩코드에 와서 강가에 텐트를 치고 몇 주 동안 지내곤 했다. 그는 인디언에게 질문하는 것이 비버와 토끼에게 하는 것만큼이나 힘들다는 것을 잘 알았지만, 그들과 친분을 쌓기에 주저하지 않았다. 소로가 마지막으로 메인주를 방문했을 때 그는 몇 주 동안 안내자 역할을 해 준 올드타운의 총명한 인디언 조 폴리스에게 큰 만족감을 느꼈다.

읽고 쓰는 사람, 금욕주의자 소로에게

소로는 모든 자연 현상에 똑같이 관심을 가졌다. 깊은 통찰력 덕분에 자연 전체에서 법칙의 유사성을 발견했으며 나는 한 가지 사실에서 보편적인 법칙을 그처럼 빠르게 도출하는 사람을 이제껏 보지 못했다. 그는 특정 분야에 얽매여 있는 학자가 아니었다. 눈은 아름다움에 열려 있었고 귀는 음악에 열려 있었다. 이러한 성향은 어디서든 쉽게 발견되었다. 그는 최고의 음악은 단일한 선율에서 나온다고 생각했고, 전선의 윙윙거리는 소리에서도 시적 영감을 찾아냈다.

그의 시가 뛰어날 수 있지만 그렇지 않을 수도 있다. 운율적 재능과 기교적 능력은 확실히 부족했다. 하지만 그의 시적 능력의 원천은 그의 영적 지각에 있었다. 그는 훌륭한 독자이자 비평가였으며 시에 대한 그의 판단은 그 본질에 있었다. 어떤 작품에서도 시적 요소의 존재 여부를 잘못 판단하지 않았고, 이에 대한 갈망으로 인해 표면적인 장식이나 피상적인 아름다움을 무시하거나 경멸하는 경향이 있었다. 그는 많은 섬세한 리듬을 지나쳤을 수 있지만, 본질적인 생동감과 감동을 알아보는 능력은 뛰어났다. 그래서 산문에서도 시에서와 같은 시적 매력을 발견할 줄 아는 사람이었다. 그는 정신적 아름다움에 매료되어 있었기 때문에 실제로 글로 쓰인 모든 시를 아주 가볍게 생각했다.

그는 아이스킬로스*와 핀다로스**를 존경했지만, 누군가가 그들을 찬양하면 "아이스킬로스와 그리스인들은 아폴로와 오르페우스***를 제대로 묘사하는 진정한 노래를 만들지 못했다. 그들은 나무를 움직이지 말고 신들에게 그들의 모든 낡은 생각을 머릿속에서 몰아내고 새로운 생각을 불러일으킬 수 있는 찬가로 신을 찬양해야 했다."라고 말했다. 그의 시는 대체로 거칠고 완전하지 못했다. 백리향과 마조람이 아직 꿀이 아니듯 아직 정제되지 않고 불순물이 섞여 있는 조잡한 금이다. 그러나 그의 시는 서정적 섬세함과 기술적 장점, 시적 기질이 부족할지라도 인과적

---

* 고대 그리스의 극작가로 비극 분야의 개척자다. 소포클레스, 에우리피데스와 함께 3대 극작가로 불린다.
** 고대 그리스의 서정 시인 중 한 명으로, 스포츠 경기에서 승리를 기리는 찬가를 지었다.
*** 그리스 신화에 등장하는 시인이자 전설적인 음악가로, 그가 하프를 연주하면 숲의 동물뿐만 아니라 나무나 바위까지도 그의 주위에 모여 귀를 기울였다고 전해진다.

사고는 풍부하다. 이것은 그의 천재성이 재능보다 뛰어났다는 것을 보여 준다. 인간의 삶을 고양시키고 위로하기 위해 상상력이 얼마나 중요한지를 잘 알고 있었으며, 모든 생각을 상징으로 표현하는 것을 좋아했다.

우리가 말하는 사실 자체는 가치가 없고 오직 그 인상만 남는다. 이런 이유로 그의 존재는 시적 감흥을 주고, 항상 마음속 비밀을 더 깊이 간직하게 한다. 그는 많은 비밀을 가지고 있었고, 자신의 신성함이 세상 사람들 눈에 그대로 비치는 것을 꺼렸으며 자신의 경험에 어떻게 시적 베일을 씌우는지를 잘 알고 있었다. 『월든』을 읽은 독자라면 그의 실망에 대한 신화적인 기록을 기억할 것이다.

"나는 오래전에 사냥개와 밤색 말 한 필, 그리고 비둘기를 잃어버렸고 아직도 녀석들의 행방을 찾고 있다. 여행자들을 만날 때마다 녀석들이 자주 가는 곳과 어떤 소리를 들었을 때 반응을 보이는지를 설명한다. 나는 사냥개 울음소리와 말발굽 소리를 들은 적 있고, 심지어 비둘기가 구름 뒤로 사라지는 것을 보았다는 사람을 몇 명 만났는데, 그들은 마치 자기들이 잃어버린 것처럼 그 녀석들을 찾아 주고 싶어 하는 것 같았다."

그의 수수께끼는 읽을 만한 가치가 있고, 내가 그의 표현을 이해하지 못하더라도 그것은 여전히 옳다고 확실히 말할 수 있다. 그는 진실이 풍부한 사람이기 때문에 헛된 말을 사용하면서 시간을 낭비할 필요가 없다. 「공감Sympathy」이라는 제목의 시는 그의 금욕주의적 삼중 강철 아래 부드러움과 그것이 불러일으킬 수 있는 지적인 섬세함을 보여 준다. 그리고 「연기Smoke」라는 그의 고전적인 시는 시모니데스*를 연상시키지만, 그의 어떤 시보다 뛰어나다. 그의 일대기가 그의 시 안에 있다. 그의 습관적인 생각은 그의 모든 시를 근거의 원인, 즉 자신에게 생명을 불어넣고 통제하는 영에 대한 찬가로 만든다.

> 이전에는 귀로만 듣고
> 눈으로만 보았으며
> 몇 년밖에 살지 못한 내가
> 순간을 살게 되고
> 학문의 지식만 알던 내가 진리를 분간할 줄 알게 되었네.

그리고 종교적 구절은 이렇다.

> 지금이야말로 나의 탄생 순간이며
> 지금이 내 인생의 전성기다.
> 나는 말하지 않은 사랑을 의심하지 않을 것이다.
> 내 가치나 욕망으로 살 수 없는 사랑,

---

* 고대 그리스의 서정 시인으로, 헬레니즘 시대 알렉산드리아 학자들이 선정한 아홉 서정 시인 중 한 명이다.

그것은 젊은 나를 유혹하고 늙은 나도 유혹하며

오늘 저녁에도 나를 데려왔네.

그의 글에서 교회나 성직자를 언급할 때는 무례함을 보이는 경향이 있지만, 보기 드물게 온화하고 절대적인 신앙을 가진 사람이며 행동이나 생각으로 그 어떤 신성 모독을 할 수 없는 사람이었다. 물론 그의 사고와 독립적인 생활은 그를 사회적 종교의 틀에서 분리시켰다. 이것은 비난받을 일도 유감스러운 일도 아니다. 이와 관련하여 아리스토텔레스는 이렇게 말했다. "덕성 측면에서 동료 시민들을 능가하는 사람은 더 이상 그 도시의 일부가 아니다. 그에게는 그들의 법이 적용되지 않기 때문이다."

소로는 진실함 그 자체였으며 거룩한 삶을 통해 윤리적 법칙에 관한 선지자들의 신념을 더욱 강화할 수 있었다. 그것은 무시할 수 없는 긍정적인 경험이었다. 가장 심오하고 엄격한 대화를 나눌 수 있는 진리를 말하는 자, 모든 영혼의 상처를 치료하는 의사, 우정의 비밀을 알고 있는 자뿐만 아니라 고해자이자 선지자였으며, 그에게 의지하는 사람들에게 거의 숭배받다시피 했다. 진정으로 자신의 정신과 위대한 마음의 깊은 가치를 아는 사람이었다. 그는 어떤 유형의 종교나 헌신 없이는 위대한 업적을 이룰 수 없다고 생각했고, 편협한 종파주의자들이 이 점을 명심해야 한다고 생각했다.

물론 그의 미덕은 극단적으로 치닫기도 했다. 모든 사람에게 정확한 진실을 요구하는 냉혹함이 이 은둔자를 자신이 원했던 것보다 더 고독하게 만들었다. 정직함에서 완벽했던 그는 다른 사람들에게도 그에 못지않은 정직함을 요구했다. 범죄를 혐오했고, 어떠한 세속적인 성공도 그것을 덮을 수는 없었다. 그는 위엄 있는 부자들에게서 거지들에게서나 볼 수 있는 위선을 발견했고 똑같이 그들을 경멸했다. 그와 같은 위험한 솔직함 때문에 그의 추종자들은 그를 '지독한 소로'라고 불렀는데, 그가 자리에 없을 때도 여전히 존재하는 듯했다. 나는 그의 이상에 대한 엄격함이 인간 사회에서 건강한 교류를 누리지 못하게 했다고 생각한다.

소로에게는 사물의 외관과 반대되는 속성을 찾는 실재론자의 습성이 있었으며 이것이 그가 하는 모든 말을 역설적으로 하게 만들었다. 그의 초기 글에 이러한 성향이 눈에 많이 띈다. 이후에도 그 성향에서 완전히 벗어나지 못했는데, 분명한 말과 생각을 정반대되는 단어로 대체했다. 그는 야생의 산을 겨울 숲의 집과 같은 편한 분위기라고 찬미하면서 눈과 얼음 속에서 무더위를 느끼고 야생이 로마와 파리와 닮았다며 이런 찬사를 보냈다. "너무 건조해서 젖었다고 말할 수 있을 정도다."

순간을 확대하여 눈앞에 있는 하나의 사물이나 하나의 조합에서 자연의 모든 법칙을 찾아내는 이 철학자의 성향이 그의 정체성에 대한 인식에 동의하지 않는 사람들에게는 우스워 보일지 모른다. 그에게 크기 같은 것은 존재하지 않는다. 연못은 작은 바다이고, 대서양은 월든의 큰 호수다. 그는 모든 사소한 현상에 우주의 법칙을 적용했다. 그는 공정해지려고 했지만, 당대의 과학이 완전히 이해했다고 주장하는 것에 계속 의심을 품었다. 학자들이 특정 식물의 품종을 구별하는 것을 등한시하고 씨앗을 설명하거나 꽃받침의 수를 세지 못한다고 생각했다. 우리는 이렇게 응답했다. "다시 말하면, 멍청이들은 콩코드에서 태어나지 않았다. 누가 그들을 멍청이라고 했는가? 런던이나 파리, 로마에서 태어난 것은 너무나도 큰 불행이지만, 그들은 배이트먼의 연못이나 나인 에이커 코너, 베키 스토우의 늪을 본 적이 없다는 점을 감안하면 할 수 있는 건 다 했다. 게다가 당신은 이런 관찰을 하라고 세상에 보내진 게 아닌가?"

그의 천재성이 사색에만 머물렀다면 그는 자신의 삶을 나름대로 잘 꾸리고 살았을 것이다. 하지만 넘치는 에너지와 실천적인 능력으로 인해 그는 위대한 사업을 진행하고 그것을 지휘하기 위해 태어난 사람처럼 보였다. 나는 그가 가졌던 남다른 행동력을 상실한 걸 매우 안타깝게 생각하기 때문에 야망이 없다는 것을 그의 결점으로 지적하지 않을 수 없다. 그는 미국 전체를 위해 공학이 아닌 야생 허클베리를 따는 사람들을 이끌고 싶어 했다. 콩을 찢는 것은 언젠가 제국을 무너뜨리기에는 좋은지 모르지만, 시간이 흘러도 콩은 여전히 콩일 뿐!

그러나 실제든 겉보기에든, 이러한 결점은 그의 강하고 지혜로운 정신이 성장하면서 빠르게 사라졌다. 그럼으로써 패배가 새로운 승리로 대체되었다. 그에게 자연에 대한 연구는 일생일대의 빛나는 업적이었으며, 주변 사람들이 소로의 눈으로 세상을 보고 그의 모험담을 듣고 싶어 하도록 만들었다. 사람들은 그의 다양한 면모에 큰 매력을 느꼈다.

그는 기존의 고상함을 비웃었지만, 그만의 고상함을 가지고 있었다. 그는 걸을 때 도로 위를 걷지 않고 풀밭이나 산, 숲속을 걸어 다녔다. 그의 감각은 예민했으며, 밤이 되면 모든 가정집에서 도살장처럼 나쁜 냄새를 내뿜는다고 말했다. 그는 전동싸리*의 순수한 향기를 좋아했다. 그가 특히 좋아하는 식물들이 있었다. 수련, 용담, 미카니아 스칸덴스**, 영생의 야생화, 그리고 7월 중순 꽃이 필 때마다 찾은 배스나무를 유난히 좋아했다. 그는 그 향기가 눈으로 보는 것보다 더 신비롭고 믿을 수 있는 수단이라고 생각했다. 물론 냄새를 통해 다른 감각으로는 알지 못하는 것을 알아낼 수 있었다. 그리고 흙냄새만 맡고도 토질의 상태를 감지할 수 있었다. 메아리를 좋아했으며, 메아리는 그가 들을 수 있는 거의 유일한 인간의 친절한 목소리라고 말했다. 그는 자연을 너무나 사랑했고 자연의 고독 속에서 행복해했으며, 도시들, 도시의 세련됨과 인공물이 인간과 인간의 거주지에 좋지 않은 영향을 미치고 있다고 느꼈다. 도끼는 항상 그의 숲을 파괴했다. 그

---

* 유럽과 아시아가 원산지이지만, 북미 등 전 세계적으로 널리 분포되어 있다. 달콤한 향기가 나며, 때때로 향신료나 향수의 원료로 사용되기도 한다.

** 국화과에 속하는 다년생 덩굴 식물로, 아메리카와 카리브해 지역의 습지와 물가에서 주로 자란다.

는 이렇게 말했다 "신께 감사하라. 그들은 구름을 자를 수 없다! 이 섬유질 같은 흰색 페인트로 푸른 바탕 위에 온갖 형상이 그려진다."

그의 미발표 원고에서 발췌한 몇 문장을 소개하고자 한다. 이 문장들은 그의 사상과 느낌의 기록이라고 할 수 있으며, 그의 표현력과 문학적 우수성을 보여 준다는 의미에서 가치가 있다고 생각한다.

어떤 정황상 증거는 매우 강력해서, 마치 수액 속에서 송어를 발견하는 것과 같다.

황어는 살이 아주 부드러우며, 삶은 갈색 포장지에 소금을 친 맛이 난다.

젊어서는 달에 다리를 놓거나 지상에 궁전이나 사원을 짓기 위해 자재를 모으지만, 나이가 들어서는 그 재료로 오두막집을 지으려고 한다.

메뚜기가 찌르르 운다.

물잠자리가 너트 메도우 개울을 따라 지그재그로 날아간다.

소리가 건강한 귀에 주는 만족감이 설탕이 입에 주는
달콤함보다 더 크다.

솔송나무 가지에 소금을 뿌렸는데 이파리에서 마치 귀에
겨자를 넣은 것 같이 바스락거리는 소리가 들렸다. 죽은
나무들은 불을 좋아하는가 보다.

파랑새는 파란 하늘을 등에 지고 날아다닌다.

풍금조가 나뭇잎에 불을 붙이듯 푸른 잎사귀 사이를
날아다닌다.

나침반으로 쓸 말총이 필요하면 마구간으로 가야 하지만,
예리한 눈을 가진 털새는 길로 향한다.

불멸의 물, 표면까지 살아 있다.

불은 가장 관대한 제삼자다.

자연은 순수한 잎을 위해 고사리를 만들어 그 선에서 무엇을
할 수 있는지 보여 주었다.

너도밤나무만큼 아름다운 줄기와 멋진 발등을 가진 나무는
없다.

이 아름다운 무지갯빛이 어떻게 어두운 강바닥의 진흙 속에
묻혀 있던 민물조개 껍데기에 스며들었을까?

아기의 신발이 헌 신발이 되었을 때, 그때가 힘들다.

우리는 우리에게 자유를 준 사람들에 의해 완전히 갇히게
된다.

두려움만큼 무서운 것은 없다. 상대적으로 무신론이 신에게
환영받을 수 있다.

잊을 수 있는 것들에는 어떤 의미가 있는가? 작은 생각이 온
세상의 교회지기다.

인격의 씨앗이 없는 사람에게 어떻게 생각의 수확을 기대할
수 있겠는가?

타인의 기대나 압력에 굴하지 않는 청동 같은 얼굴을 가진
사람만이 재능을 부여받을 수 있다.

나는 녹기를 바란다. 금속은 자신을 녹이는 불에 의해서만 부드러워지게 해 달라고 할 수 있다. 그 외에는 부드러워질 수 없다.

식물학자들에게 잘 알려진 '영생의 야생화'라고 불리는 꽃이 있다. 여름 식물과 같은 속의 하나인 그나팔리움이다. 이 꽃은 인티롤산맥의 가장 접근하기 어려운 절벽에서 자라는데, 그곳은 산양조차도 감히 접근하기가 힘들다. 스위스 처녀들이 이 꽃을 아주 귀하게 여기기 때문에, 사냥꾼들이 꽃을 따기 위해 절벽을 오르다가 주검으로 발견되기도 한다. 식물학자들은 이 꽃을 그나팔리움 레온토포디움이라고 명명했지만, 스위스에서는 '고귀한 순결'을 의미하는 에델바이스로 불린다.

소로는 본래 자신에게 속한 것처럼 이 식물을 채집하고자 하는 희망을 품고 살았던 것 같다. 그가 진행한 연구 규모가 너무 커서 오래 살아야 완성이 되었을 것으로 보이는데, 우리 역시 그의 갑작스러운 죽음에 준비가 되어 있지 않았다. 국가는 얼마나 위대한 아들을 잃었는지 아직 잘 모르거나 전혀 모른다. 소로가 누구도 끝낼 수 없는 일을 중도에서 그만두고 떠난 것이 부당하게 느껴질 정도다. 그가 어떤 사람인지 동료들에게 제대로 보여주지 못한 것은 고귀한 영혼에게는 일종의 불명예라고 생각된다. 하지만 적어도 그는 만족한다. 그는 위대한 가치와 이상을 추구하며 고귀한 삶을 살았다. 비록 짧은 생애였지만 그는 이 세상에서 자신의 능력을 모두 소진했다. 지식이 있는 곳, 미덕이 있는 곳, 아름다움이 있는 곳이면 소로는 어디든 자신의 안식을 찾을 수 있을 것이다.

ESSAI 2

원칙 없는 삶

1판 1쇄 인쇄 2024년 10월 30일
1판 1쇄 발행 2024년 11월 30일

지은이 헨리 데이비드 소로
기획자문 박혜윤
엮은이 김용준
펴낸이 김영곤
펴낸곳 (주)북이십일 아르테

정보개발팀장 이리현 **정보개발팀** 강문형 이수정 최수진 김설아 박종수
교정교열 이보라 **디자인** 표고프레스
출판마케팅팀 한충희 남정한 나은경 한경화 최명열
영업팀 변유경 김영남 전연우 강경남 최유성 권채영 김도연 황성진
제작팀 이영민 권경민
해외기획팀 최연순 소은선 홍희정

출판등록 2000년 5월 6일 제406-2003-061호
주소 (10881) 경기도 파주시 회동길 201(문발동)
대표전화 031-955-2100 **팩스** 031-955-2151 **이메일** book21@book21.co.kr

ⓒ 헨리 데이비드 소로, 2024
ISBN 979-11-7117-865-0 03860
KI신서 13087

(주)북이십일 경계를 허무는 콘텐츠 리더

21세기북스 채널에서 도서 정보와 다양한 영상자료, 이벤트를 만나세요!
페이스북 facebook.com/jiinpill21   **포스트** post.naver.com/21c_editors
인스타그램 instagram.com/jiinpill21   **홈페이지** www.book21.com
유튜브 youtube.com/book21pub